世界华文文学书系
The World Chinese Literature Series

远离故乡的地方

[美] 董晶 ◎ 著

Far away from home

中国华侨出版社
·北京·

图书在版编目（CIP）数据

远离故乡的地方 /（美）董晶著.—北京：中国华侨出版社，2024.9
ISBN 978-7-5113-7714-2

Ⅰ.①远… Ⅱ.①董… Ⅲ.①中篇小说—小说集—美国—现代②短篇小说—小说集—美国—现代 Ⅳ.①I712.45

中国国家版本馆CIP数据核字（2024）第069914号

远离故乡的地方

著　　者：[美]董　晶
出 版 人：杨伯勋
策划编辑：肖贵平
责任编辑：肖贵平　刘继秀
封面设计：瞬美文化
版式设计：浪波湾图文工作室
经　　销：新华书店
开　　本：880毫米×1230毫米　1/32开　印张：7.75　字数：153千字
印　　刷：香河县宏润印刷有限公司
版　　次：2024年9月第1版
印　　次：2024年9月第1次印刷
书　　号：ISBN 978-7-5113-7714-2
定　　价：56.00元

中国华侨出版社　北京市朝阳区西坝河东里77号楼底商5号　邮编：100028
发行部：（010）64443051　传　真：（010）64439708
网　　址：www.oveaschin.com　E-mail：oveaschin@sina.com

如发现印装质量问题，影响阅读，请与印刷厂联系调换。

序
伴着爱穿越中西的故事

　　董晶短篇小说集《远离故乡的地方》的出版问世，是让我无比欣喜的一件大好事！这不仅是董晶自己文学创作的一次美满的总结，也是为我们世界华文文学绚丽多彩的园地增添了一束精彩可爱的花朵。这个小说集不少作品，我曾拜读过，而这次我又重新粗略地通读了一遍，感慨良多，获益匪浅。

　　我感受最深的是董晶的那种对文学对小说创作极端认真、痴情热爱、全身心投入的忘我精神。她把文学当作一种神圣伟大的甚至可以付出生命代价的庄重事业，她虽然学医，可现在对文学的迷恋我看已经超过医学，在文学上她恶补苦读，博览群书。古今中外文学名著，她不放过；现今出现的有影响的文学作品，她也会立即找来阅读。如国内名噪一时的《人世间》，那一百多万字的大部头，她一气读完，还给我打电话，并将该小说和同名电视剧作比较，讨论评说。她绝不人云亦云，颇多独立见解。面对这部短篇小说集，可以说，就是她热爱文学，

I

在文学上学习用功所做出的一份满意答卷。

她的小说基调没有变，仍然是在开掘着人性的爱，情爱、亲爱、友爱，人世间的大爱。伴着爱，穿越了一个个中西的故事。全集共13个爱的故事，除了三四个讲叙军旅生活的故事外，大都是以海外华人为主的爱情故事。这里超越了国别、民族、信仰、文化的差异，把爱情写得委婉曲折、激动人心。爱情是人间最珍贵、最纯洁、最高尚也是最自私的一种情感，同时，也应该有一种宽大包容、超然开阔的伟大胸怀，正确处理爱情中出现的种种不幸的问题。这就如俄国车尔尼雪夫斯基的《怎么办》中所表现出的那种忠贞而又通透的爱情观。我看，书中的爱情问题的处理，正是这样。如《远离故乡的地方》中的顾婷婷，最终抛弃了舒适豪华的美国生活，甘愿与心爱的林航携手回国，共创美好家园。还有《当太阳终于透过云层》中的王淮海，不顾利嘉家庭受到的冲击，毅然向她献出了珍贵的爱情。还有绿皮火车上的巧遇结缘，无一不表现了爱情的忠贞和通达，爱情的魅力和爱情的宽宏大量。

董晶的这部短篇小说集还有一个突出的特点，就是她十分重视故事人物中的细节选择和细节描写。这可是小说特别是短篇小说赖以生存的生命力所在，同时，也是检验一个作家的艺术功力和才华的试金石。应该说，董晶在这方面是下了功夫的。《心事》写的是一家顶梁柱老王失业的大事。老王表面镇定，可内心却痛苦翻腾。开车回家，外面是蓝天白云，他却"恨不得现在头顶上乌云密布、电闪雷鸣，他老王要在暴风骤雨中淋个痛快，吼上几嗓子……"而夫人更强忍着内心痛苦，小心翼翼地伺候着丈夫，可因儿子被烦得出走，又大吵起来。经济捉襟见肘，儿子被哈佛录取，却没钱难进，老王更是眩晕、恶心、发麻，高血压来了……这些失业中的种种细节描绘，林林总总，淋漓尽致，令人焦心，也就为后面故事的发展铺垫，做好了充分的准备。《远离故乡的地方》，有几段对顾婷婷当时所住的豪宅、客厅、舞厅、舞会作了精细入微的细节描写，出神入化，引人入胜，与后面婷婷的毅然抛弃这一切，离家出走回国，形成了强烈的反差对比，这就更凸显出自由爱情的精神力量尤为可贵。看那豪宅"它比一般的独立屋大而气派，外观看上去，是西班牙建筑风格。它清新不落俗套，灰墙和红瓦，拱门和回廊，大玻璃窗户，门廊、门厅向南北舒展"。那客厅，突出了"墙壁上，挂着不少装饰画，其中有一幅是著名电影《飘》的剧照——白瑞特与郝思嘉亲吻的精彩一瞬间，它给无数人留下了深刻难忘的印象……我觉得世界上最美好的感情是爱情，世界上最脆弱的感情也是爱情！尽管如此，人们对爱情的向往还是前仆后继，如飞蛾扑火，在所不惜！"舞厅"豪华大气，紫红色的木质地板，霓虹色五光十色，虽不很亮但十分迷人。吸顶灯、射灯、彩球转灯一应俱全"。舞会的描写更是声情并茂，动人心扉。从肖斯塔科维奇的《第二圆舞曲》起始，夫妇先跳，再到约翰·施特劳斯的《皇帝圆舞曲》，各选舞伴，有情人顾婷婷与林航翩翩起舞，"她飘逸的长发随着舞步飘动，裸露的双肩雪白雨润。他们气质典雅，舞态华贵，舞姿优美，旋转如风，尽显华尔兹的唯美意境"。探戈舞曲播出，"一个转身，一个眼神，一个脚步，一对男女在兜兜转转之后终于遇见，一个在前进中试探拉扯，一个在后退中欲拒还迎，若即若离，这就是探戈的美，它彰显出生活中的男女之间对爱的渴望、追求与遗憾。"最后，吉鲁巴舞曲《夕阳伴我归》响起，大家狂野奔放一阵后也就夕阳伴我归了。请看，我转述的这些句段，文字多么优美清新，情感多么丰富深沉，思想多么活跃开朗。《实验室的风波》，那故事的规模气势，已跳出短篇，正如小说所说，"大公司也是美国的一个缩影"，那名利场上的明争暗斗的细节描述，写得紧张生动，扣人心弦。道貌岸然、老奸巨猾的哈克穆与单纯正直、聪明可爱的小娅的争斗，尽管风云变幻莫测，惊险不已，而最终正义取得了胜利，小娅在事业和爱情上获得了双丰收。

《远离故乡的地方》小说集，可说是董晶的《七瓣丁香》八年之后的又一部新世纪的青春之梦。为她赞美！

是为序。

公仲

2023年8月1日

目录
Contents

绿皮火车上的相遇　001

心事　020

人在天涯　043

远离故乡的地方　060

夕阳下　081

纸灰　099

天使的黎明　108

玛丽安娜的圣诞礼物　126

伴着爱穿越恐怖阴影　135

当太阳终于透过云层　144

康乃馨与百合花　153

实验室的风波　161

那年，他们相遇　208

专家推荐语　237

绿皮火车上的相遇

一

心内科研究生刘黛娅临床实习结束的时候，已经十分疲惫。于是，她想利用暑假期间回兰州放松休息一下，然后将开始研究课题。回兰州探亲，黛娅还是乘坐43次特快列车，从北京出发的绿皮火车到兰州要两天一夜的时间。

她买的硬卧车厢中铺票。上了火车，找到铺位后，她开始安放随身携带的物品。

一个青年男子，提着行李，带着一个六七岁的男孩，匆匆忙忙上了火车。黛娅的那个车厢的旅客基本到了，他们才赶来。他们的票位在下铺，可是小男孩四下看了看，说："我喜欢中铺，我要爬上去，我不想坐在下面。"

"月月，安静一下，等把行李放好了，再给你换中铺。"青年男子说。

"我和你换吧！"一个中年男士看见他一个人带个孩子不容

易，而且孩子吵着要中铺，就好心回应了。

他立刻拿出车票，对这名好心的中年男士说："谢谢你了，这孩子就这么顽皮。"

"别客气，带个孩子不容易，孩子挺机灵的，小男孩儿能不调皮吗？"

刚把行李安置好的黛娅，这才转过身来，看见这位青年把一个手提袋放到了自己对面的铺位上，刚才他和那个中年男人的对话她都听见了。黛娅好奇地看了一眼正在安放行李的青年人。他高高的个子，身材瘦削，一头浓密的头发，剑眉下的眼睛不大，鼻子直挺，丰满的嘴唇棱角分明。

那个小男孩高兴地顺着梯子爬到了黛娅对面的中铺上，而黛娅这时正顺着梯子从中铺下来。

当黛娅下到地面，转过身来的时候，青年人看了她一眼。黛娅一身绿军装，举止优雅脱俗，长发倾泻在她的肩背上，随着她的走动，飘舞不定。他顿时感到这纤纤丽影风姿绰约，仿佛一股清新爽快的风，扑面而来，让他禁不住屏息静气，不知所措地站在那里。他定睛凝视她楚楚动人的面孔，她却莞尔一笑，优雅矜持，摄人心魂，他呆呆地而又礼貌地对她点了点头。黛娅明显地感到他的身上有一种儒雅之气，这种儒雅文静的风度，即使在研究生院的所有男同学中她都没有感觉到过。

火车开动了，小男孩兴奋地在中铺坐着。

青年男子坐在靠车窗的座位上，满腹心事地望着窗外辽阔的大地。黛娅就坐在他临窗对面的位置上，窗外是一幅北京郊区色彩缤纷的图画，天边起伏连绵的群山，在蓝天白云下层层叠叠清晰可见。高低错落的厂房、楼群和农舍，追云逐月似的与列车渐行渐远，而远处的景物又渐行渐近。黛娅心情愉悦地望着匆匆闪过的田野和白杨树。

　　过了好一会儿，青年男士才转过头来，他看见穿着军装的姑娘安静地望着窗外，她的颈部光洁细长，一种天然的美从她身体透射出来。没有任何装饰物戴在她的颈项上，即使金子的、珍珠的项链可以把女人修饰得更美，可是作为一个女军人，再也没有比草绿的军装配上红领章更美了，这天然的美从他看她第一眼就注意到了。此刻，他觉得这个车厢的空间突然变小了，仿佛只有他和身边的女军人。一种妙不可言的感觉在他心中升起，如嗅芬芳，如饮甘露，她的一举一动，一掠发、一抬眉、一转眼，都如清风在拂，碧水在荡……

　　黛娅转过头来，黑溜溜的眼睛好似不在意而又在意地溜了对面的他一下，他俩的目光相遇，瞬间她发现他的眼睛里有一种深深的忧郁。这忧郁的目光一下子抓住了她的心，这特殊的神情犹如一束柔和的光瞬间照进她的心底。她低下了头，心想，这般忧郁的眼神一定隐藏着别人不知道的东西——也许是她能理解的东西。他俩隔着一个小小的茶几，她眼睛的余光能看见他沉静地坐在那里。过了一会儿，她又抬起头，从他那带着英俊之气的浓眉下，湖水一般柔和的眼神里，她能感觉到他文质彬彬外表里隐藏的才华，看得出他似有苦闷积郁在心，也许他需要倾诉，需要和一个懂他的人交流。她的心中升起了一种无法言说的同情感，一种想探究这忧郁神情的冲动。

此刻，他们听见扑通一声，然后是"哇哇"的哭声。原来正在车厢过道上奔跑的月月不慎摔倒在地。黛娅立刻跑去扶起了月月，看见他没有受伤，便哄着孩子说："不哭了，小男子汉，不能哭鼻子啊。"月月停止了哭泣，青年男子赶忙上来拉着月月的手，让男孩儿坐在下铺上，他用手帕擦干净了月月带着泪水的脸蛋儿。

回到座位上，两人面对面坐下。她刚才友善的举动，无言地传递给他一份阳光般的温暖，使他感到，她的温暖有一种亲和力、亲近感，真诚与善意，全写在了她的脸上。

"谢谢你啊。"

"别客气，这孩子挺机灵的。"

突然间他对她有忍不住想交谈的冲动。但是，纵然想和她交谈，却本能地避开她的目光，为了掩饰内心的激动，他原想站起来，但是黛娅还稳稳地坐在那里，他的腿似乎挪动不了了，于是他拿出了一个苹果，开始用水果刀削皮。

此刻小男孩月月又在车厢里欢快地走动着，看样子乘火车对他来讲是一次非常奇妙的体验。月月不知疲倦地奔来跑去，有时走到他的身边，他轻轻地摸着孩子的小脑袋，说："别跑了，小心再摔倒了！安静一会儿吧，我给你削苹果。"他用水果刀削好了一个苹果，递给了月月，月月接过苹果，然后坐在下铺的位子上，大口地吃起来。

"这个给你。"他鼓起勇气把削好的第二个苹果递给黛娅。

她怔了一下，"你吃吧，我带了不少零食呢。"黛娅说。但是他拿着苹果的手一直伸向黛娅，她只好接过苹果。看见黛娅接过苹果，一丝欣慰掠过他的脸，他又略低着头给自己削苹果。黛娅注意着他的一举一动，一绺头发垂到了他的前额，他那灵活的手很快又削好了一个苹果。

"请问对你怎么称呼？"他鼓足勇气抬头问。

"刘黛娅。"

"这个名字好听！是为了纪念苏联女英雄玛丽黛和卓娅吧？"

"你猜对了。我父母给我起的名字。"

"你叫什么名字？"黛娅咬了一口苹果问。

"彭广仁。"

"和著名钢琴演奏家周广仁同名？"

"也是父母给我起的名字。"

"弗兰西德·培根说过：'利人的品德我认为就是善。在性格中具有这种天然倾向的人，就是'仁者'。这是人类的一切精神和道德品格中最伟大的一种。'你的父母一定是想到培根这句名言，才给你起名'广仁'吧？"

"他们起名字的时候也许没想那么多吧？我真的不知道，不过我特别喜欢古典音乐，也特别喜欢听周广仁演奏舒曼的钢琴曲。"

"哦，是这样……"黛娅若有所思。

黛娅看见广仁的神情有些放松了，于是又说："你可能看我穿着军装，不知道我是做什么的吧？"

"我对女兵有一种好奇,但我真猜不出你的职业。"

"我是北京解放军战旗医院的硕士研究生。临床实习结束了,回兰州父母家休假。"

"这么说,你是一位医生。"

"是的,而且是心血管专科医生。"黛娅自豪地说。然后她仰起脸看着他的眼睛问:

"那你是?"

"我是个工程师,学机械自动化专业的,是北京工业学院82届毕业生。"

"你也在北京?"黛娅托着腮,微微斜坐着问。

广仁刚才端坐着的身子马上朝黛娅的方向移动了一下,他把两只手放在了小桌板上,他俩的距离更近了,他这突然地朝黛娅探了一下身子,使黛娅心中不禁一震,被信任的感觉油然而生。她看见广仁的目光黯淡下去,好像眺望窗外远方风景似的看着自己,眼睛里似有什么显露出来,又缓缓沉下。

"唉……我怎么跟你说呢,我家原来也在北京,'文革'期间我去宁夏农村插队,后来在银川附近的西北煤矿机械厂当了工人。高考恢复,我考上了北京工业学院,没想到毕业分配竟是这样……"他叹了一口气,停顿了几秒钟,看见黛娅全神贯注在听,好像鼓励他把自己的故事讲出来。

为了让广仁调整一下思绪,黛娅随意地问了一句:

"你父母还在北京?"这一问似乎让他们熟络起来。

"不是的,我是去北京出差。原来家在北京,1969年我就去农村插队了,我的父母也从北京中科院调到四川支援三线建设。"

"那这孩子是你儿子?"

"不是的,我还没有结婚呢,是同事让我帮他把儿子带回去上学。这孩子被外公外婆带大的,现在该回到他的父母身边了,我是受人之托,帮个忙。"

听他一说,黛娅看了一眼在车厢里跑动的男孩,又看了一眼对面带着忧郁眼光的广仁。

"你在宁夏工作?"

"对。其实我出生在广州,小学和中学都在北京上的,'文革'开始时我是清华附中的学生。"广仁平静地说。

"那你大学毕业后怎么又回到了宁夏这么偏远的地方工作?"黛娅有点好奇地问。

这简单的一问,广仁的心像被什么东西触动一下,积聚太多的委屈、压抑太久的情感,无人倾诉,没想到眼前的黛娅却对他如此关心,就好像她那双纤细的小手轻轻地把广仁心中潘多拉盒子打开了,他一直憋在内心深处的好多东西都被激活了。

"大学四年,我一直是品学兼优的学生,但也是不谙世事的人。虽然是校乐队骨干和班干部,但从不与政工人员交往。教务处的负责人几次在校园里碰见我都动员我留校,我也总是欣然应允。在校的最后几个月,我一门心思要把毕业设计做好,根本不担心分配问题。当毕业分配最后宣布时,让我回考上大学之前的单位,西北煤矿机械厂,我一下子都蒙了,我不明白为什么都说好的事情完全变了,而且连商量的余地都没有。"

"其实回到宁夏,使我最失望的并不是西北的荒凉,而是作为一个工程师,我在大学里学的东西根本用不上。想要在工厂里进行技术革新,基本是不可能的。每天上班,几个工程师在办公室里聊聊天、看看报纸、下车间转转,好像改革开放的春风并没有吹到古老的煤矿机械厂,平庸的生活,把我的理想都消磨掉了。"

他说话时依然是平静的口吻,平静中带着被欺骗了的茫然与痛苦,却没有浮躁和愤懑。他一向内敛,此刻,竟在表情、眼神、声音中向黛娅坦露出无比信任。

真诚的言语、被信任的感觉使黛娅的心中涌起一股热潮,她似乎感同身受,明白了他心里的委屈:一个北京知青,即使不上大学也该回城了,而广仁却摊上了在北京工业学院毕业后第二次落户宁夏的厄运。她理解他心中的苦,就像自己毕业后曾经被赶出参军的战旗医院、分配到传染病医院,无法施展自己的才华一样,广仁心中的苦,绝不仅仅是宁夏地域的偏远,而是他的学识没有得到发挥,他的才华无法施展,他看不到事业上的希望。

"你的家一直在兰州?"广仁问。

"不是的,我父亲在西北军区工作。我从小跟着父母,随部队走南闯北,在四川、云南的时间较长。"

"我知道了,你是军队干部子弟。"

"算是吧，你插队的时候，我去了北京参军。"

广播里传出播音员的声音："旅客同志们，张家口南站到了，本次列车将在此站停留二十分钟。请下车的旅客携带好你的物品，有秩序地下车。"火车终于停住了。

广仁对黛娅说："在这一站可能要换火车头，停留时间较长，下车活动一下吧。"

黛娅站了起来。广仁走到小男孩面前，拉着他的手下车了。

黛娅漫步在月台上，心不在焉地看着四周纷乱的景象，异地的环境、嘈杂的声音、广播里的音乐都无法唤起她的注意力。突然，她看见广仁在离她几米远的地方静静地站着，带着淡淡抑郁的神情默默地听着广播里播放的电影《英俊少年》的主题歌乐曲，而小男孩月月跟着音乐唱了起来：

"小小少年很少烦恼，眼望四周阳光照，

小小少年很少烦恼，但愿永远这样好。"

为了不打扰他们，黛娅默不出声、原地不动地观望着广仁与男孩。清亮的童声，美妙的旋律传入了黛娅的耳朵，而广仁始终沉默着，他静静地听面对他不远的男孩唱歌，忧郁的目光落在孩子无忧无虑的脸上。黛娅十分好奇地想，是不是这歌声和旋律让他联想到了什么？她觉得此刻的广仁和孩子犹如一幅雕像：一大一小；一个愁苦一个欢快；一个淡定一个活泼。黛娅看着默默伫立的广仁，感到他的儒雅风度里隐含着某种高贵的气质，心中有一种无名的感动。

上车后，火车铁轨开始发出轻微的叮当声，然后车轮变得又流畅平稳了。窗户被灿烂的夕阳照着,微风轻拂着窗帘。已经到了吃晚饭的时间,很多旅客都吃着自带食品。广仁带了方便面,他把盒装方便面加上开水,然后放上调料,几分钟即可食用。黛娅拿出自己带的面包和一饭盒香肠,然后她把香肠分给了广仁和小男孩儿吃。孩子特别高兴,不一会儿,一盒香肠就吃完了。

列车继续前行,从华北平原向西北挺进。太阳已经落到地平线以下,天空渐渐变暗,很快夜色降临大地。当车窗里可以看见黑暗中飞快闪过稀稀拉拉的灯光,大家拉上了窗帘。

在昏暗的车厢里,旅客们都开始睡觉了。广仁身边的那个小男孩躺在铺上睡着了。黛娅和广仁面对面坐在自己中铺的床上,用一只手紧抓着连接上铺的皮带,随着火车的行进,他们的身体在摇晃摆动,但是他们的眼睛都注视着对方。他俩轻声交谈了好一会儿,就好像两个灵魂在空中交织、碰撞。黛娅问广仁:"你说青春为什么是美丽的?"广仁沉思了几秒钟,然后把身体又向前探了探,认真地说:"青春是美丽的,因为我们有为之奋斗的事业和美好的爱情。"黛娅十分惊讶,这句话正是自己一年多前写在日记里的一段话,她没想到素不相识的广仁和她想得一模一样,真是太神奇了!他们继续饶有兴趣地交流着,广仁的话语有时像美丽的绣球向她抛去,她仿佛握住了一份真情实感;而黛娅的话却像带着荧光的飞盘在他的身边环绕;让他俩感到欢乐围绕着他们,两个人越谈越投机,他们的对话,犹如一曲优美的协奏曲,悠然地飘荡在两人之间,他们的思想感情在交谈中越来越默契。

突然，他们听见"咚、咚……"隔壁的人在敲隔板的声音，好像示意让他们安静一点。听见这敲击声，黛娅禁不住捂着嘴笑了。她觉得敲隔板的人一定躺着在想，这两个年轻人大半夜不睡觉，讨论诸如青春为什么是美丽的人生哲理，怕是疯了吧。广仁看见黛娅笑了，笑得特别甜美，他虽然沉默不语，心中却暖融融的，积压在心头的乌云仿佛在这一刻飘散开来。此刻他的眼睛就像神秘的深潭，一次又一次将黛娅全身的热情都吸了进去，广仁感受到了黛娅将自己内心宝贵的东西向他一吐为快的直率。他俩再次压低了声音，继续交流，并深深地陶醉其中。

夜更深了，他们彼此道了晚安，她躺下后，他也躺下了。车厢里一片昏暗。黛娅静静地平卧在铺上，在一片寂静中，刚才话语已沉入灵魂的深处，回音萦绕心头，不绝如缕，引起无数的涟漪。她眼睛还睁着，兴奋中的她睡不着。过了一会儿，她侧过身来，看见广仁把头枕在一只臂膀上，正目不转睛地凝视着她，就像在欣赏一幅美丽的画。黛娅脸上一阵发热，难以言状的感动在她的心中跌宕起伏。

广仁侧卧着也兴奋得睡不着，与黛娅的谈话就像美妙的音乐在他的耳畔余韵回绕。广仁觉得她犹如一朵盈盈绽放的玉兰花，洁白如玉，单纯得让人怜惜。当他们的目光在黑暗之中碰撞在一起，倏然之间，没有语言，两颗心贴得很近。他默默地思忖，这趟旅行与黛娅的相识是何等美妙的奇遇。他遇到了一位女军医，而且在短短的几个小时里，他就被她的一举一动、一言一行所吸引所感动,这多么不可思议,难道是上天对他特别的眷顾?可是随着火车飞快地奔驰,他在明天上午就要下车了,今后他们还能相遇吗?想到这里,他心里特别难过。时间在悄悄地流逝,他看黛娅已经闭上眼睛,似乎睡着了。于是,他又轻轻地坐了起来,目不转睛地俯视着她,他就这样静静地坐在铺上很久,望着黛娅很久,而心里却有说不出的难过。他真担心再也见不到她了,禁不住对自己默默地说:作为一个男子汉,应该主动问她要一个通信地址或电话号码,我不能眼看着分别在即而无所作为。

不知什么时候,他躺下了。

黛娅睡得沉稳,当她醒来的时候,天空大亮,霞光辉映,广仁和那个小男孩已经下了铺。黛娅用手揉了揉眼睛,她看见广仁在收拾东西,她立刻顺着梯子下到车厢的地面。

"早上好。"广仁对她说。

她对他微笑着说:"早上好。"

简单的洗漱之后,她又坐在车窗前的一个座位上,默默地观察着广仁的一举一动。

广仁把所有的行李都放在了一起,下车时就可以拿起来就走。

"你能留一个电话号码或通信地址给我吗?"广仁终于鼓起勇气,平和地说。

"好,我也正准备问你要一个联络地址呢。"黛娅依依不舍地望着即将下车的广仁。

广仁站在自己的铺位前靠着，以此作为依托，他用钢笔在一张纸上认真地写起来，然后走到黛娅面前，把纸条交给了她。黛娅接过了广仁给她的纸条，她立刻从挎包里掏出了一张纸，写下了自己在兰州和北京的通信地址和电话号码。

他又坐在了黛娅对面的座位上。两人好像有千言万语还没有说完，可是此时此刻又不知道该说什么，眼看着绿皮火车就要把广仁和这个孩子带到他们的目的地。

"银川火车站很快就要到了，我和孩子就要下车了。"

"孩子的妈妈会来接他吧？"

"她一定会来的，我们还要乘一趟公共汽车，才能到达工厂。"

"没想到这么快就要分别了。"黛娅不无伤感地说。

"希望我们保持联系。"广仁的声音充满期待。

"好吧，我们常联系。"黛娅说完，把手里的那张纸交给了广仁。

广仁接过黛娅给他的地址，写得很详细，甚至把她在北京研究生院宿舍的房间号码都告诉了他，他很感动，但是他极力掩饰着分别在即的伤感，平静地说：

"我有很多去北京出差的机会，以前遇到去北京出差的机会，我都让给了别的同事。因为一到北京，回想起童年和少年时代，特别是在清华附中的美好时光，还有上大学时的踌躇满志，我心里就十分难过，所以我不再想去北京。可是现在你在那里，这就不一样了。"

黛娅点了点头，她不知道该说什么，语言在此刻很难表达她的惜别之情。

火车拉起了一声长笛，随后缓缓地驶入了银川火车站，黛娅帮着广仁拎了一个手提包，走到车厢的出口处，广仁接过手提包说："回去吧，不要下车送我们了。祝你接下来的旅途和休假愉快！"

黛娅止住了脚步，然后她回到原来的座位。透过车窗，她看见一个三十几岁的妇女朝广仁身边的小男孩迎了上去。他们慢慢走出了月台，在出站前，广仁站住了，他回头往黛娅那节车厢望了一望，似乎是在向黛娅在做最后的告别，黛娅默默地看着广仁的身影，目送他们走出了站台，消失在她的视线里。

一声长笛拉响，火车头冒着白雾般的蒸气，列车缓缓驶出银川站，广仁又跑回到站台上，眼睛望着绿皮火车远去，就像看着断了线的风筝随风飘远，心中升起了一股惆怅。

二

感情真是一个说不清道不明的东西，对于广仁来说，虽然在大学里和一位女同学有过一段交往的经历，可是毕业分配她留在了北京，他回到了宁夏，俩人的恋爱就终断了，她与他断得如此决绝和理所当然，从此他们不相往来。广仁曾经为此困惑和痛苦过，但是他从来都没有感到自己的心像今天和黛娅分别那样茫然不知所措。在没有认识黛娅以前，他的心像一枚在秋风中飘荡的孤叶，渐渐地失去了水分和生气，萎缩了。仅仅一个下午和晚上，黛娅给他留下了深刻的印象和回味不尽的感觉。她就像一股清泉注入了他荒凉的心田，此刻他的心中已经芳草青青，他多么想让这块荒芜的地方永远春意盎然。但是他不敢奢望什么，尽管他期待着她会和他联系，他是那样渴望与这个女军医再次相遇。他知道黛娅是一个单身姑娘，因为她不仅看上去比自己小三四岁，而且暑假一个人回兰州父母家，说明她还没有成家。可是这些年的经历，特别是一个毕业分配就可以摧毁一段感情的经历，使他对生活悲观了。

　　坐在回工厂的公共汽车上，汽车颠簸起伏，广仁一想起黛娅，心情就变得激动不安。他默默唱着英文歌《Feelings》，茫然地望着远方。也许美好的感觉会转瞬即逝，只不过是一次美好的感觉而已！这首英文歌里所表达的悲伤与无奈正是他此刻的心情。他望着窗外宁夏贫瘠的土地，那灰蒙蒙的景象让他备感悲凉。

　　广仁情不自禁地从裤兜里掏出了黛娅留给他的那张纸，他看见黛娅把她的联络方式写得十分清楚，就像她这个人一样诚实坦荡。此刻，广仁由于生活的清苦和感情的压抑而变得淡然的脸上，出现了难得一见的光彩。黛娅的身影、脸庞以及那双清纯明亮的眼睛，还有她的笑容都已经印在广仁的脑海里。纵然黛娅的身上有着如此多的光环：北京的女兵、医生、研究生、军队干部子女……但是，他的直觉告诉他，她和别人不一样，是一个与众不同的女性，他多么想去探究这与众不同的一切，她的思想，她的热情，她的纯洁美丽都吸引着他想知道更多。而他自己，一个不轻易吐露心声的人又多么希望再见到她。他暗暗发誓，如果真能再见到她，他一定会对她彻底敞开心怀。于是，广仁把黛娅给他的这张纸看了一遍又一遍之后，仔细地折叠起来，放进了贴身的衣服口袋里，一股温情随着血液在他全身流淌，浸润心灵的青春甘露在他的内心荡漾。他突然感觉到勇气和欢快所焕发出的神圣之光是多么的美好和吉祥，于是他默默享受着这趟绿皮火车旅行带给他的美妙而奇特的感觉。

三

休假的日子里，黛娅有时看书，有时思考她下一步要做的课题。累了她就走到家的前院和后院散步。不知为什么，不论是看书，还是在庭院里漫步，她的眼前总是出现广仁的影子，这个影子在她的面前晃来晃去，日日围绕在她身边，弥漫在空气中，浓浓的回忆挥之不去。这种奇妙的感觉让她的心不能平静。她在想，为什么自己会对一个萍水相逢、远在宁夏的工程师有说不完的话？为什么会对他的一举一动都感兴趣？她一生中坐过无数次火车，没有一次会与一个陌生的男人交谈，甚至谈得那么无拘无束，那么趣味盎然，究竟是什么把她这个颇有些清高孤傲的女子吸引住了？是那一双忧郁的眼睛吗？是那如湖水一般柔和的目光吗？对，是广仁的那双眼睛。它虽然不大却很有特色，当这双眼睛注视着她，与她交谈的时候很动人。

可是在他不说话、沉思的时候，一种谜一样的忧郁却埋在里面，那淡淡忧郁的目光，像一个深深的吸盘，将她的心吸过去了，甚至整个人都吸进去了。这种忧郁的眼神，她这一辈子都没有见过。尽管在战旗医院研究生院里，风度翩翩英俊潇洒的男生她屡见不鲜，文质彬彬才华横溢的男人在她周围更是比比皆是，可是广仁，他虽然看似平凡，而气质又是那样的与众不同，在他平凡的外表下，甚至沮丧的神态中，她能看出来他是一个极有魅力的人，是她从来也没有遇见过的一种男人。这些年她这颗饱经磨难的心，留下了许多缺口，心的缺口需要一种温情、一种特殊的软化剂和补充剂去填补，而广仁的潜质正是可以让她的心充实起来，并感到温暖与安慰。她细细地回味着，火车上那个神奇美妙的下午和夜晚不时地在她的眼前出现，耳边时常响起他低沉而浑厚的声音。这声音带着一种磁性，轻轻地，就像从寂静的旷野里吹过来的柔和的风，使她的心中泛起了涟漪，仿佛在她生命的长河里，突然跃起的一朵令人沉醉的浪花，这浪花冲击着她的心，思念和无名的惆怅让她忍不住拿起笔给广仁写信。

广仁，你好！

　　我已经回到兰州一个星期了。可是，你的身影却在我的脑海里久久挥之不去。坦白地说在火车上第一次见到你，看见你眼睛里忧郁的目光，我的灵魂就被震慑住了，我的心就被吸引过去了。多少次我徘徊在自家庭院里，院子里的花草在我的眼睛里渐渐退去，与你相遇的短暂时光却像电影那样一幕一幕地在我的眼前出现；而你仿佛一步一步地向我靠近，再靠近；你忧郁的眼神好像还在注视着我；我的心也在步步地迈向你，我竟变得如此深情起来，思念成了我心中的一方净土；我默默地回味、冥想甚至激动不安。

你的一切还好吗？告诉我你的情况，哪怕是生活和工作的点滴，我将得到无比安慰。

祝你快乐！

黛娅

在工厂的食堂吃完早饭，广仁来到了办公室，这间办公室是一个大房间，厂里的四五个工程师都在这里办公，每人都有自己的办公桌。一进门，他就听见同事老姜对他说："彭工，有你一封信。我把它放在你的桌子上了。"

"哦，我的信？谢谢你！"

他走到办公桌前，真看见一封信。拿起信，他注意到是兰州来信，毫无疑问，这是他日夜盼望的一封来信，他的心跳立刻加快了。他立刻打开了信，坐在椅子上迫不及待地看起来。

看完了黛娅的来信，有一股激烈的暖流在他的心中奔涌，一行行的字迹，一句句话语都让他感动。此刻，黛娅的笑声，她的话语，都如此清晰明亮地环绕在他的身边，这信中的每一句话，似乎在明镜般的湖面上飞翔；每一个字，似乎在遥远的树林里回响。黛娅的信是充满温情的，让他感到梦幻般的甜蜜。

他陶醉在这种甜蜜的感觉之中，他坚信自己的直觉是对的，黛娅就是黛娅，她和世俗的姑娘们不一样。广仁握着黛娅的信，仿佛握住了一份真真实实的感情，他堕入了如平原龙卷风一般无法抵挡的感情旋涡之中。他激动地在想，过去的几天他曾经有的担忧，他对她的思念，他在夜间的苦思冥想，在这一刻终于有了答案，他没看错这位偶然相遇的军医，还有她如水晶般的心。

傍晚，广仁独自坐在办公室里给黛娅写回信，他要把心中的激动，还有他对她的感觉诚实地告诉她。他写着写着，就仿佛看见黛娅就在他的面前，他在向她娓娓地倾诉……

结束了休假，黛娅回北京的途中，银川火车站到了。她想起广仁给她的回信中说："当你再次路过银川火车站的时候，你会想起点儿什么吗？你会记得我们曾经在一起度过的短暂时光吗？你会想起我吗？"她走下火车，站在银川火车站的月台上环顾四周，景物依旧，她极力寻找广仁的身影，他仿佛就在她的眼前，她真想去触摸这个梦幻般的影子，结果她还是孑然一身，无处寻找他在何方。一种怅惘顿然间涌上她的心头。尽管如此，黛娅确信，他俩几周前的邂逅是上天的恩赐、人世间的缘分。

（《绿皮火车上的相遇》发表于《广西文学》2022年第1期）

心事

一

自从一个月前公司里传出技术研发部门要裁人,老王心里就像悬了一块石头,有灾难临头的感觉。按美国现行规定,延至六十七岁退休才能拿到联邦政府的全额退休金,五十九岁的老王还有整整八年才能达标。虽然是国内清华大学毕业,还有美国麻省理工学院电机系博士学位,这又能说明什么呢?公司想裁减的,不正是像自己这样岁数大、工资高的人吗?而今天,就在今天上午,当老王被叫到公司副总裁的办公室,谈了十分钟的话,让他内心翻江倒海,悬在心上的那块石头终于砸了下来,砸得他头晕目眩、心口阵痛。和他一起离开这家赫赫有名的大公司的还有几个与他一起工作了十几年的同事,甚至有比他小一岁的部门主任。有白人,也有亚裔工程师,看起来似乎挺平等的——关键是他们都到了令人尴尬的年龄。

即使摊上了这么大的事儿,老王在办公室收拾好自己的私人物品,和相处多年的同事们告别时,他还是镇静的、体面的。

汽车在高速公路上奔跑,老王手握方向盘,心口却觉得堵得慌。他向上瞅了一眼,湛蓝的天空白云依旧,打开车窗,做了一个深呼吸,空气还是新鲜的。他所在的南加州名叫尔湾的城市,从来都是蓝蓝的天空白云飘,白云下面汽车跑。可是今天开车的感觉很不爽,他心里嘟囔着:你天再蓝,我老王顶着家里的一片天啊,天都要塌下来了。你空气再好,我心里就是憋闷,憋闷得喘不过气来。蓝天白云、没污染的空气能替我养家糊口吗?他恨不得现在头顶上乌云密布、电闪雷鸣,他老王要在暴风骤雨中淋个痛快,吼上几嗓子,否则这口气、胸中的火就憋在心里了。

老王在得知被解雇之后,给妻子打了一个电话。老王的妻子刘丽萍,小老王三岁,跟随他闯荡美国三十余年。她从接到电话到现在,一直焦急地等老王回家。这一个月来,她天天看着老王闷闷不乐,自己的精神压力也不小,她心疼丈夫,更为他捏着一把汗。可是怕什么来什么,这个曾经安宁、幸福的家将会发生什么,她并没有想太多,也不敢想太多。

听见车库门打开的声音,丽萍知道老王回来了。老王走出车门,打开汽车的后备箱,抱出了一个纸盒子,纸盒子的表面摆着一份人事科给他的申请失业救济金表格。当丽萍与老王目光相对时,她看见丈夫脸色变了,从前,他的国字脸总是白里透着红,虽然两鬓有些许白发,但老王头不秃,也不用染头发,至今他还留着引以为傲的寸头,和同龄人相比,显得十分精神。

而今天,他面色苍白,头上就像下了一层霜,看上去苍老了许多。

没有说话,夫妻俩坐到了客厅的沙发上。从前他俩总是夫唱妇随,老王少言寡语,丽萍唠唠叨叨。老王的男中音和丽萍的女高音搭配在一起,有特殊的韵味儿,是王家独特的生活进行曲,它和谐、动听。他们在幸福的进行曲中走过了人生最年富力强的三十年。老王原来有十六万美元年薪收入,加上很多年前就买下了这幢被称为别墅的独立屋,即使还有十年才能付完所有的贷款,但只要有这份工作,根本不是问题。在美国,在加州,这个家庭都属于典型的中产阶级。

丽萍把茶沏好,放到老王身边的茶几上,老王递给她一张支票:"这是公司给我的遣散费,总共六个月的工资,你把它存到银行吧。"她看了一眼支票,一股悲凉的气息从心底升起,她无奈地抚摸着老王的肩膀说:"先别着急,咱们还不至于没饭吃。"

老王没有吭声,他的眼睛盯着那张申请失业救济金表格,沉思了片刻,闷声闷气地说:"每两周九百美元,一个月一千八百美元,这已经是联邦政府最高的失业救济金额了。听上去饭钱是有了,可是我俩和儿子的医疗保险原来是每月七百多美元,这一失业,我专门问了人事科,每月要花两千四百美元才能维持我们目前的这个医保水平,而且是按政府的规定公司给我们的优惠价。如果我们去买奥巴马医保,要维持目前的医保水平,更贵!"

丽萍睁大了眼睛:"天啊!我们都买不起医疗保险了!"话一出口,她突然意识到此刻不能火上浇油,声音又降了八度:"我和儿子都挺健康的,我们就不买医疗保险了,但是你必须买,你有高血压,每天都要吃处方降压药,不能没保险啊!"

老王瞪了丽萍一眼,十分认真地说:"不买健康保险现在是违法的,奥巴马医保执行之后,所有人保费比原先涨了五倍!而且还在逐年上涨。如果不买保险,每年报税的时候还交罚金,更重要的是,你和儿子没有医疗保险,万一有什么情况,可要倾家荡产啊。"

"你别着急,咱们还有点儿存款,买!"

"关键是我要尽快找工作。失业救济金也只能拿六个月!"说完,老王站了起来。

他走到书房,立刻打开了电脑。其实,这一个月他一直在找工作,不知为什么却没有任何回应。二十年前,他的简历一投出去,许多公司争先恐后地抢着要他;而如今,他被冷落得心如寒冰。尽管如此,但从那以后,老王每天做的事就是找工作,认真地找工作。而且要求不高,只要能有健康保险,只要坚持工作到六十七岁,工资低一些也没关系,这就是他心中最大的人生目标。

儿子蒙蒙喊着"饿死了",一阵风似的冲进家门。在厨房的丽萍赶紧做了一个手势,让他小声点儿,不要打扰在书房里忙碌的爸爸。儿子顿觉家里的气氛有些不对,他小声地问:"妈,我爸咋这么早回家?"丽萍一阵心酸,她把儿子拉到她的房间,一五一十地告诉了他。蒙蒙今年十八岁,丽萍三十八岁时才生了他。他高中已经毕业,曾收到了几所美国的名牌大学的录取通知书,最后选定了哈佛大学。谁都知道,在美国中小学生都是免费教育,但上大学是要花很多钱的,越好的大学,学费越高。不算学费,仅生活费一年就至少要三万美元。此时,儿子的心里也激起了千层浪,这个极为敏感的孩子,明白爸爸失业意味着什么,不禁心生疑问:自己还能去哈佛大学吗?万一爸爸找不到工作怎么办?顿时他变了脸色,连眼神也迷茫了。

丽萍看出蒙蒙的担忧,她安慰儿子:"你放心上你的学,其他的事情我们自有办法。等着,妈给你做饭去。"

进了厨房,锅碗瓢盆交响曲又开始奏响,往日厨房里特有的旋律,今天变了味道,心乱了,手脚也没有那么麻利了。一想到儿子,丽萍不由得叹了一口气。对于当母亲的来讲,儿子长大成人了,好男儿志在四方,能走多远就走多远,能飞多高就飞多高。可是她清楚地知道,不少美国大学生由于家庭经济困难,即使接受了政府和大学最大限度的补助,也不能按期四年毕业,老王的一个美国同事,就是因为经济困难七年才读完了大学。哪个中国父母不在这个关键时刻给孩子最大的支持呢?怎么支持儿子,她暂时理不出头绪。现在唯一让她安慰的是他们的女儿,比蒙蒙大十几岁的秀秀已经当医生了,不但在洛杉矶的一个医疗中心当上了眼科医生,而且还和一个有博士学位的德裔的小伙子结了婚。女婿是大学教授,秀秀已经完全自立，而且生活美满。可是秀秀毕竟是在美国长大的孩子，按照法律，她没有义务在经济上帮助父母，更没有帮助弟弟的可能。女儿能一个月给父母来个电话，女儿女婿两人能一年回两次家看看就不错了。

二

此刻夜色正浓，老王在床上愁。银色的月光透过窗户倾泻在老王的脸上，这张脸在短短的几个星期里由苍白变得蜡黄，眼圈也黑了。窗外几只鸟儿在树梢上叽叽喳喳地叫着，往日令人愉悦的鸣叫，今天却变成让人心烦的噪声。丽萍翻了一个身，看见老王一个人睁着眼睛在发愣，便说："老王，别想了，睡好觉，明天有精神了，再想怎么办。"老王转过头来看了看丽萍，看到她疲惫的眼神，怜惜地说了声："你睡吧。"

丽萍的身子朝老王挪了一下，"我也想去找份工作，多少贴补一点家里，什么事儿不能让你一个人扛着。"

老王急了："你说什么傻话呀，五十六岁的妇女，快二十年没工作过，谈何容易！"

丽萍无奈地说道："我什么苦都能吃，只要能多一点儿收入，蒙蒙两个月后就要上大学了啊。"

老王更急了："你想过没有，咱们刚来美国那几年打工的苦，你现在试试，能扛得住吗？那时我们吃苦受累是因为相信未来会更美好，如今年龄不饶人啊，你去打工吃苦，我真的于心不忍。我是蒙蒙他爹，望子成龙，我比你心切！"

老王的话让丽萍无语，她叹了口气，把身子转了过去。老王突然悲从中来，觉得孤立无援，仿佛他一个人在苦苦跋涉，愁肠百结无法倾诉。

说起蒙蒙这孩子，还真是触到了老王和丽萍的痛处。丽萍原来是有工作的，她在一家生物制药公司上班，三十八岁那年在美国生了第二胎，还是个儿子，两口子喜不自胜。消息传到了国内，蒙蒙的爷爷奶奶也乐得合不拢嘴。可是蒙蒙六十天时，丽萍要回公司上班，白天就把他托给了一个当时他们最信任的，并有婴幼儿看护执照的人家照顾。可是半个月后的一天，丽萍下班后把蒙蒙接回家，孩子哭个不停，怎么也哄不好，老王和丽萍看见孩子哭得脸都紫了，觉得不对劲儿，就抱着孩子去医院看急诊，做了脑CT检查。结果显示蒙蒙有颅内出血，医生认为这是把孩子头部过度摇晃造成的！当时蒙蒙就立刻住进了重症监护病房，老王和丽萍呜呜地哭，真是造孽啊！这个"朋友"怎么这么狠心，一定是蒙蒙在她家哭，她就去使劲地摇他的脑袋，把孩子的头摇得颅内出血了。在医院紧急救治了两周，蒙蒙的脑出血得到控制，总算捡回了一条命。此后他们再也不敢把惨遭虐待过的儿子交给任何人了，于是丽萍辞去了工作，成了全职太太，一心一意照顾儿子。

此刻老王和丽萍躺在床上都不再说话，其实他们心里都在想，如果当年蒙蒙不出那件事儿，也许丽萍今天还在上班，那么老王没了工作对家里的打击也就不会这么大，可世事无常啊，他们又能怨谁呢?

三

一个多月过去了,老王还是没有找到工作,他已放低姿态,哪怕每年只挣五万美元的工作,他也接着,可是连这样的工作也找不到呀!这让他更加手足无措、心神不宁。

上午他开了二千四百美元的医保支票,装进信封,贴上了邮票。老王禁不住在书房又算起账来,他们现在靠有限的存款过日子,那么哈佛大学的各种基金和联邦政府对低收入家庭的补助,使蒙蒙大学学费会减少一部分,但是父母还是要补贴他不少费用。外加他们夫妻俩这几年的生活费、房产税、房屋按揭、医保,还有汽车、房屋保险费,他们的存款是远远不够的。他在屋前屋后转来转去,然后沮丧地垂下了头。老王很明白,只有脚下的这栋房子是最值钱的了。谁都知道,房子是美国中产阶级养老的"保险柜",当他和丽萍七老八十需要照顾的时候,他们会卖了房子或者用房子做财产抵押,住进既有餐厅也有人帮着洗衣服打扫房间的养老院,这房子是他们两口子的后路——现在绝不能卖的!那么今后的八年,从五十九岁到六十七岁将如何熬过去?想到这里,老王没着没落的心就像一个自由落体,在黑暗中迅速下沉,他没有力量把这颗坠落的心提拉上来。

老王心烦意乱地走到客厅里,他坐下来端起茶杯,边喝茶边打开手机看看微信新闻,当他看到废除奥巴马医保法案又遭失败,现任政府根本拿不出更有效的医保方案时,他关闭手机,把它扔在了一边。

蒙蒙从房间走出来,正值暑假期间,他晚上睡得晚,早上起得也晚,这是"90后"孩子的惯常做法。今天老王看着儿子在他眼前晃来晃去,有些头晕眼花,一股无名的火冲上头顶。只听茶杯"砰"的一声搁在茶几上,他吼了起来:"蒙蒙,你一个大小伙子,没事儿别老晃荡!要么你在房间里好好看书,要么到外面当义工去!"

儿子被老王的声音吓住了。见爸爸吹胡子瞪眼,他像一只惊弓之鸟,赶紧回屋,拿起自己的手机,连早饭也没吃,飞快地出门了。

丽萍闻声过来,只看见儿子出门的背影,一种无名的委屈涌上心头。她知道老王的脾气,一般不吭声,但他一急,声音能敲山震虎。丽萍赶紧关上了窗户,她怕邻居听见,误认为发生了家庭暴力去报警。

女人到了雌激素锐减的年龄,别说容颜和姿色的变化,年轻时的好脾气也可能荡然无存,更别提温柔了。她没好气地站在老王面前说:"我知道你心情不好,但也别冲着儿子发火!"

老王也不示弱:"蒙蒙的毛病都是你惯出来的!"

丽萍更火了:"你骂了儿子又拿我来说事儿,我一直以为你是个闷葫芦,一脚踢不出个屁来;现在可倒好,变成了二踢脚,一点就着,一蹦八丈高!难道你这三十年的好脾气都是装的?

老王站了起来:"我就是装的!现在你后悔了吧?甩掉我这个二踢脚还来得及!"

丽萍气得脸都变了形:"你就说解气的话吧,我知道你心情不好,不跟你计较。"

她想痛哭一场,可她一看老王的脸,这张脸不但蜡黄,眼睑还有些浮肿,眼圈也黑了,她不能再火上浇油,只能灭火。

沉默了片刻,丽萍突然想起,是不是老王的血压升高了?好久没给老王量血压了,她也不知道这些日子老王有没有按时吃降压药。于是她拿来了血压计。

丽萍坐到老王的身边,平心静气地说:"我给你量个血压吧。"

老王闪了一下身子:"我不量血压,我血压没事儿,你该干啥干啥去,我不跟你生气了。"他怕如果血压很高,丽萍就会心急如焚。

丽萍又说:"降压药你要按时吃啊!"

老王突然意识到这段时间他时常忘记吃药,但他不能让丽萍再急了,于是敷衍地说:"知道了,我会记住吃药。"

丽萍把血压计放在了茶几上,说了声"我去做午饭",便进了厨房。

老王呆呆地坐着,他的眼睛看着厨房里白色的大冰箱,看着,看着,好像有成千上万只黑色的小虫子在冰箱的门面上爬行,它们逐渐排列成了无数个方格子图案,黑里有白、白里有黑地在他眼前蠕动,令他心里发麻、恶心、眩晕。他闭上了眼睛。他不能盯着任何一个地方看,哪怕是一幅画、一扇窗、一堵墙，只要他一盯着看，这些地方都会钻出毛毛虫来，它们肆无忌惮地在他眼前蠕动、爬行——老王的身体和心理要出毛病了。

电话铃响了，老王惊了一下，总算回过神来。丽萍接了电话，是他们的一位朋友打来的，问这个周末轮到老王家的聚会还开不开，丽萍犹豫了一下，转身看看老王孤单的身影，她不再犹豫地说："开。欢迎大家来玩儿。"她想，朋友们来热闹一下，老王的郁闷也许会得到疏解。

晚上，蒙蒙回到家就进了自己的房间。丽萍见儿子回来了，总算松了口气。她到蒙蒙的房间问："你怎么一天都不接电话？"

"我把手机关了。上午我去了几个地方找工作，下午我又去了尔湾社区学院。妈，我要和你说个事儿。"儿子看似平静地望着母亲。

"先吃饭吧，吃了饭再说。"丽萍拍着儿子的肩膀，告诉他饭还留在锅里。蒙蒙说他吃过饭了，兜里有钱饿不着，中午和晚上都吃的三明治，现在他真有事儿和妈妈商量。丽萍见儿子一脸认真的神情，她坐了下来，"行，你说吧。"

"我决定推迟一年去哈佛大学，今年秋季在社区学院注册上学。"

"你说什么？"丽萍惊讶地看着儿子。

"妈，你听我说，我今天下午在尔湾社区学院打听好了，学费特别便宜，修四门课的学费还不到两千元，而且可以回家住，两顿饭在家吃。第一年同样修大学的课，而且我保证，门门功课都拿 A，不影响第二年上哈佛，这样可以给家里省很多钱。"说这话时儿子的眼睛闪着祈求的光芒。

"你不是在和你爸爸赌气吧？爸爸最近心情不好，你要体谅他。"

"我就是怕爸爸急病了，才想出了这个办法。"

"你真的不是赌气？"

"都什么时候了，赌气能解决问题吗？我还有一件好事儿告诉你。"蒙蒙的脸上露出了笑容。

"好事儿？"丽萍不解地问。

"嗯！我找到了一份临时工作，说起来还挺幸运的。一上午在好几个地方碰壁，有点沮丧，就去了咱家门口商业区广场的星巴克喝了杯咖啡，顺便问他们还要不要服务生。老板还真的让我填了一张申请表，我很快填好交给了他，没想到几分钟后老板就把我叫到他的小办公室，问了几个问题，立刻就让我顶上一个马上要离开的大学毕业生的位置，而且明天就上班，每小时工资十二美元。"蒙蒙看妈妈没说话，又接着说，"妈，你知道多少学生想去星巴克工作吗？我今天撞上大运了，一天可以挣九十多美元，今后我还能给你和爸做咖啡了！"他越说越兴奋。

丽萍站了起来，理了理儿子的衣服说："去社区学院的事我和你爸爸商量后再做决定，去星巴克打工没问题，那就早点儿睡觉，明天不是要上班吗？"她看儿子点了点头，便离开了。

走出儿子房间，丽萍思量着，这在过去，放着哈佛不去反要上社区学院真是太不可思议了！虽然老王和丽萍的兄弟姐妹都在国内，可蒙蒙的表哥、表姐、堂姐们都在美国的名牌大学读完了硕士或者博士。但是，如果老王在儿子入学前找不到工作，儿子先上社区学院还真是一个缓解经济压力的办法。此刻丽萍突然感到儿子长大了，懂事儿了，甚至要去打工挣钱了。儿子的话让她的胸口突然打开了一道缝隙，微弱的光亮照了进来，一股新鲜的气流弥散开来，原有的沉闷有所缓解，可这条狭缝毕竟太窄了，不足以使她的心胸敞亮起来。

四

星期六上午，家里来了三对老朋友，他们都是老王家的常客，过来聊聊天，吃顿饭，逢年过节还打打麻将，或者唱卡拉OK，大家乐此不疲。有时候在长周末，几家人一起驾车出游，更是逍遥自在。中国人毕竟还是中国人，能说到一起、玩儿到一块儿的还是自己的同胞。

老朋友们对老王失业的事儿早有所闻，但大家都只字不提，人来了，还是有说有笑。男士们在客厅与老王谈论时事新闻，女士们在厨房帮着丽萍包饺子，边干活边聊天，欢快的气氛又回来了。

热气腾腾的饺子端上了饭桌，大家各就各位，老王招呼大家先吃起来，丽萍还在厨房里给一个凉菜放调料。老王看见丽萍做完了最后一个菜，还要下另一锅饺子，就站起来走到厨房。

客人中有一位女士名叫马华,她是加州的注册护士,她看见老王走路的姿势不太对头,怎么有点瘸?她的眼睛盯着老王的一举一动。当老王两只手端着丽萍做的黄瓜拌凉粉的盘子走过来,她突然看见盘子向左侧倾斜,老王的左手有些发抖。她立刻起身上前接过老王手里的盘子放到了饭桌上,然后上下打量着老王说:"老王,你的腿和左手怎么了?"

"我感到左手和左腿有些无力。"

"有几天了?"

"两三天了。"

马华又问:"最近量血压了吗?"她看见老王支支吾吾的,便到厨房让丽萍拿血压计来。

老王却让大家都先吃饭,吃完饭再说。丽萍也说大家先吃饭,吃完饭再给老王量血压。

饭后丽萍把血压计交给了马华。老王老老实实地坐下量了血压。电子血压计显示老王此刻的血压很高,高压二百,低压一百一!大家都围过来了,屏声息气地望着血压计的显示屏,心中紧张起来。看着老王的脸色黄里透着晦暗,马华立刻说:"老王,我们得马上送你去医院急诊室!"

"我不去看急诊!蒙蒙小的时候,一有病我们就带他去急诊,去了那里,一等就是四五个小时。今天是礼拜六,人更多,我不去!"

丽萍急切地说:"老王,大家都是为你好,我们赶紧去医院吧。"

"我不去！星期一我去看医生就行了。"

马华劝他："老王，你这样很危险，无论如何要去医院了！"

身边的朋友颇感不安，也跟着说："我们陪你去医院，我们不怕等。"

马华突然感到自己作为一名注册护士的责任，一脸威严地说："为了老王及时就诊，我建议立刻拨打911，让救护车送老王去医院，不能再等了！"朋友们都说打911是最好的办法，于是丽萍拿起了家里的座机，毫不犹豫地拨了911。

不到五分钟，一辆救护车闪着警示灯，跟在拉着警笛的红色消防车后面风驰电掣地到了老王的家门口。三位救护人员进了家门，立刻给老王测了生命体征，发现老王血压确实很高，马上让他坐在轮椅上，然后把老王抬上了救护车，丽萍陪在老王身边。消防车又拉起了警笛开路，载着老王的救护车闪着警示灯，飞快驶向尔湾的一个医疗中心。马华两口子和其他朋友开着自己的车跟在救护车的后面。

到了医院的急诊室，医生马上对老王进行处理。老王躺在一个急诊室的房间里，护士给他抽血，随后是心电图、脑CT等一系列检查。不到一个小时，所有的检查结果出来了，医生告诉躺着的老王和站着的丽萍：CT检查发现有脑梗，好在区域不大，估计大约三天前就已经形成了。但是目前有新的脑梗形成，必须做静脉给药处理。老王要入院治疗。

很快，老王被推进了病房。

丽萍含着泪把老王的情况告诉了等在急诊室外的朋友们，

大家心里都非常难过，劝丽萍也要保重身体，老王住进医院他们就放心多了。马华握着丽萍的手说："照顾好老王，他会好起来的！"丽萍点了点头，她目送着朋友们开车离去。

丽萍慢慢地扬起头，一轮落日在远方下沉，它失去了早晨八九点钟的光辉与活力，也褪尽了中午的灿烂，衰弱的余晖将暗淡的云层染成了血色。很快四周笼罩在灰蒙蒙的暮色中，一种悲凉的感觉让丽萍捂着脸哭了起来。哭完了，擦干了眼泪，她迈着坚定的步子，朝老王的病房走去。

老王安静地躺在病床上，医生给他用了镇静药，他终于睡着了，好久都没有这么酣睡了。丽萍从静脉输液管的透明小壶可以看见药物一滴一滴地流入了老王的血管。她默默地坐在老王床边的椅子上，一会儿看看监护仪的屏幕上显示的血压、脉搏、呼吸指标，一会儿看看输液管道，一会儿再看看老王的脸。直到晚上九点，她打开手机，才发现蒙蒙来过几次电话，恍然醒悟，怎么忘了给孩子们打电话？她赶紧起身走到病房的走廊里，给儿子和女儿打了电话。

五

清晨，老王睁开了眼睛。足足地睡了一夜，再加上药物的作用，他的精气神恢复了不少。看见丽萍、蒙蒙和秀秀站在床前，他坐了起来，对儿子和女儿说："我好多了，你们都回去上班儿吧。"

蒙蒙递给了爸爸一杯星巴克的咖啡，"爸，你尝尝我做的咖啡。"老王接过咖啡，小心地喝了一口，又喝了一口，终于露出了笑容，他对儿子说，"好喝，蒙蒙长本事了。"

老王又看了看身边的丽萍和秀秀，说他真的没事儿了。昨天夜里，他好像漂游到了天堂，天堂的门紧紧地关着，他用尽全身的力气也打不开。结果看门的人出来了，问他想干啥，他说想进去看看有没有他的工作。那人煞有介事地问了老王的大名和家庭情况，说要向上帝请示。结果，他回来一本正经地对老王说，上帝这里是享福的，没有工作，上帝不能收留他，还是回去吧。

老王有点兴奋："既然上帝不要我，我就坐着宇宙飞船遨游了一趟太空，这不，安全回来了！"

丽萍和秀秀互相对视了一下，她俩眼圈红了，脸上却含着微笑。

三天后的上午，来查房的医生和蔼地和老王握了握手，告诉老王，新的脑 CT 检查显示他的脑梗已经得到控制，好在就诊及时，新的病灶已经消除。但是陈旧性的病灶还存留着，老王的左腿和左手的功能需要到康复医院去治疗，通过体疗师的复健治疗是可以恢复的。

当天下午老王转到了康复医院。

老王在康复医院恢复得很快，每天上午在体疗师的指导下认真地做左腿和左臂的功能锻炼。一场大病让他悟出了很多道理，"噩梦醒来是早晨"，他觉得没有理由让恶劣的心情作践自己,既然上帝不要他老王,他就得好好地活下去;在未来的日子里,他还得拿出刚来美国的那股劲儿,继续奋斗下去。

每天下午,丽萍陪着老王出去散步。此刻,他们来到康复医院附近的湖边。走在阳光下,四五点钟的太阳已不那么耀眼,看着湖水微波荡漾,有人悠然地坐在湖边钓鱼,老王好像也轻松了许多。丽萍看见老王的脸已经褪去了晦暗,蜡黄的脸变白了,她颇有感慨地对老王说:"这些日子我总在想,我们这些人,什么苦没吃过?现在的困难不应该压垮我们!"

"是啊,我们应该是压不垮的一代人啊。咱们在美国的第一代新移民没有享福的命,却有扛得住苦难的命。"老王很坚定地说。

丽萍看到老王的心态坦然多了,便说:"蒙蒙也长大了,我也该去找份工作了。在大公司找不到工作,去小公司也行,我也要和你共同面对眼前的困难。"

老王说:"你提醒了我,在网上找不到工作,我也可以看报纸上的广告,没准能撞到好运。"

"你的病还在恢复,别急着工作。美国的每一个岗位,一旦你上去了,就像一颗螺丝钉,要跟着整台机器全速运转,这一点你比我更清楚。"

"你放心吧,我到哪都不会掉链子。中国人不是有句话:小车不倒只管推。你得推着我往前跑啊,有你推着,我倒不了。"老王说完看了一眼丽萍,憨憨地笑了。

丽萍好久不见老王笑了,她觉得从前她心目中的那个老王又回来了。

"你还记得来美国的前十几年,我们每次回国给父母钱,给兄弟姐妹买东西吗?"丽萍换了个话题。

老王的眼睛亮了:"当然记得,那些年回家,兄弟姐妹看着我打开箱子,拿出令他们惊喜的礼物……那是多么令人难忘的岁月啊。"老王和丽萍此刻都沉浸在美好的回忆之中。他们觉得当一个人能给亲人和朋友提供帮助并带来快乐的时候,真是一种无比的幸福和满足。而当一个人自顾不暇,需要亲人照顾和麻烦别人的时候,又是何等的无可奈何啊。善良无私的人并不以从别人身上得到了什么而满足,他们更在乎能给别人什么。

他俩就怀着这样的心情走着,聊着,老王瘸着腿,丽萍的右手握着他的左手,直到夕阳西下,他们对着落日有说不完的感慨。

转眼两周过去了,老王也恢复得差不多了。他走路的姿势已经基本正常,别人可能看不出来,只有丽萍能看出他和从前的些微差别。可是在出院前几天,丽萍却发现老王又变得沉默了,是那种安静的、眼神带着淡淡忧郁的沉默。

一天清晨吃过早饭,老王坐在病床上看报纸,他自言自语嘟囔着一句老话:"晚上想好了千条万条路,早上起来还是得磨豆腐。"

"老王!"一个熟悉的声音让他朝门口看去。

"徐峰!老徐,你怎么来了?"老王站起来握住了老同学的手。

老徐说从国内来洛杉矶好几天了,昨天晚上去他家,见到了丽萍和蒙蒙,老王的情况他都知道了,所以今天来医院看看老王。他们坐下,老徐掏出一个信封塞到了老王手里。

老王捏着厚厚的信封:"你这是干什么?"

老徐说:"老王,这是我的一点儿心意,千万收下。你还记得咱们大学同窗时,我是靠国家每月给十九元饭票读完清华的。有一年寒假,你见我买车票回家过春节的钱不够,给了我二十元,我现在还记着呢!那二十元,当时顶大用啦!"

老王低下了头:"你看我,现在变成了这样……"

老徐劝他:"不就是没了工作吗?咱们不是人还在吗!最重要的是把身体调理好,然后再考虑别的。用祖国人民的话说,你是下岗了,不是因为犯了什么错误被老板炒了鱿鱼,何况你的部门主任也和你同时下岗,所以你是体面地退出了工作岗位,对得起你自己了。"

老王无奈地摇了摇头:"可我对不起老婆孩子啊!丽萍没工作,儿子马上要上大学,这让我怎么办?二十年前你羡慕我是美国名牌大学的博士,十年前你羡慕我是美国大公司的精英,可是现在,轮到我羡慕你了!"

"当年我能留校就知足了,要不是改革开放,我哪有今天啊。"老徐颇有感触地说。

老王说,这三十多年中国发生了翻天覆地的变化,在国内的亲人、同学和朋友同样有房有车,且不用发愁医疗保险。他们在五十五岁或者六十岁都能退休,拿到一份和工资差不多的退休金。

"我已接近花甲,可我还有八年,丽萍还有十一年才有退休福利,老徐,我不能和你比,你下海经商,已经变成企业家了!"老王说。

老徐看着老王的脸。这张脸愁云密布,让他禁不住悲从中来,他的眼睛有些湿润了,忍不住把头转向窗外,看着满园春色,花香四溢,不禁感叹:年年岁岁花相似,岁岁年年人不同。老王的处境一直困惑着他的心,这几年他来美国好几次了,了解不少老同学的现状。此刻他想说点什么,可是看着老王,他又觉得什么也不想说。让他感到最难过的是,老王所面临的困境。

随后老徐转过身来,握住老王的手说:"我也老了,把公司交给我儿子打点,这不和老伴儿出来旅游了嘛。你知道,我真想帮你,你说我怎么才能帮你?"

老王脱口而出:"我还得上岗啊!"

老徐点了点头:"我懂,我懂……"

思考了片刻,老徐问:"老王,去中资公司行吗?我的朋友在美国开了连锁公司,在尔湾附近就有一个分公司,是做家用电器的。"

老王的眼睛突然亮了:"好啊!只要给我一份工作就行。"

老徐提醒他:"我不能保证工资是多少,如果一个月只给你五千美元你也去吗?"

"去,当然去!"

老徐站了起来:"那好,我马上就去他的公司问问,你等我的消息吧！"

老王也站了起来："我明天就出院，回家等你的消息。"

六

老王回到家的第三天中午接到老徐的电话，让他去公司面试，他深知机会难得。

老王面试回来时一脸的喜悦，他对丽萍说："今晚咱们全家去尔湾弘城海鲜吃饭，一是欢送蒙蒙去哈佛，二是庆祝我的新工作。出国三十多年了，我第一次为中国的企业服务。"丽萍和蒙蒙也跟着老王高兴起来。丽萍说，她马上告诉秀秀他们两口子。

蒙蒙小心地问了一句："爸，新的工作不累吧？"

老王说，让他在检修部门专门修理退货电器，工作环境还不错，他一个老工程师，对机械和电路熟门熟路，累不着。关键是一上班全家的医疗保险由公司出大头，比现在便宜多了。说完，老王拍着儿子的肩膀："今晚就订去波士顿的机票吧，我就不送你了，你妈代表我送你去哈佛大学报到。"蒙蒙对爸爸说："我一定好好学习，争取拿到哈佛的全额奖学金！"

其实老王在康复医院的这些天，丽萍每天上午也没闲着，她到处找工作，一是想挣点儿钱补贴儿子的大学费用，二是她也要为退休做准备。最后她在尔湾一家牙科诊所找到了一个牙医助理的职位，主要负责牙医的器械准备和消毒，虽然工资只有她原来工作时的一半,但她决定去。她见老王今天高兴了才说出送走蒙蒙以后,她也要去上班的事。老两口四目相对,一切尽在不言中。

第二天清晨,老王和从前上班一样,穿着熨得平整的衬衣,打着领带。丽萍和蒙蒙目送着他一步一步走向已经停在路边的汽车。丽萍看得出来老王走路时身体还是稍微有点儿向左倾斜,他坐进了车里。汽车发动了,老王探出头微笑地向丽萍和蒙蒙摆了摆手,丽萍上前跑了几步向老王挥手,一股热泪夺眶而出,泪水在她含笑的脸上止不住地流淌下来。

(《心事》发表于《人民文学》2020年第1期。该小说入选美国南方出版社2020年11月出版的《海外华人短篇小说选编》第二辑)

人在天涯

一天傍晚,我走进尔湾附近新港海岸的一间酒吧,昏暗的灯光下,既有情意绵绵互诉衷肠的男女,也有乐悠悠、恨悠悠枉自惆怅的单身。我独自躲在一个角落里品着一杯草莓玛格丽特,好似神游故地,重温昔日的残梦。

一个白头发的男人进来了,虽然个子很高,但已经开始驼背,他在吧台上要了一杯马提尼便朝我坐的方向走过来。我看见了一张苍老而熟悉的面孔,这不是我的前夫斯特朗吗?我下意识地站了起来,他好像也认出了我,禁不住愣在那里,灰蓝色的眼睛显得惊讶和迷茫。

"坐到这里来吧。"我发出了邀请。

他激动得手有些颤抖,当他把酒杯放到桌子上的时候,马提尼从杯子里洒出来了一些,我连忙用餐巾纸擦干净了桌子。他坐下来以后,喝了一口酒,然后对我说:"真没想到还能见到你。"他的灰蓝色的眼睛已经失去了昔日的神采,透出看破一切的神情。

"丽莎呢？我想你们早已经结婚了吧？"我问。

"我没有和她结婚，我和你离婚后不久，就发现她有些行为异常，后来才弄明白她在与我交往的同时还和另外三个男人保持亲密关系。"说到这里，斯特朗露出了灵魂好似在污泥浊水里打了滚似的惭愧。

"一切都过去了，忘掉她吧！"我说。

"忘掉她是必须的，可是我一直忘不了我对你的伤害和歉疚！"他的嘴角又抽搐了一下，这是一个失魂落魄的人机械的反应。

"这倒不必了。斯特朗，我已经淡忘那段痛苦，我原谅你了！"

斯特朗的表情像万箭穿心的受难者，依然被痛苦折磨着。我突然对他产生了怜悯："你现在还在社区学院教音乐吗？"

"几年前我就退休了，一个人倒也省心。"说完，他把一杯马提尼都喝了下去，然后对我说："感谢上帝，让我今天遇到你，能对你说出我的道歉，我就可以坦然地离开这个世界了！"说完，他站了起来，颤悠悠地朝门口走去。

我也将手中的玛格丽特一干而尽！然后我走到酒吧的凉台上，瞭望太平洋的滚滚波浪，俯瞰新港海岸的万家灯火，我不禁问自己：哪里是我的家？是此岸还是彼岸？哪一个屋檐下能安放我的灵魂？哪一盏灯光能抚慰我寂寞的心灵？哪一张床有属于我的温柔？

也许你要问我，在中国待得好好的，不愁吃不愁穿，非要漂洋过海，到美国来干什么？其实这话问得好，进入新世纪的中国，发生了日新月异的变化，中国人在过去短短三十几年里创造的奇迹是这个世界上任何一个国家都无可比拟的。而对于我个人来讲，物质生活虽然提高了，但是精神生活却一塌糊涂。主要是我和第一个丈夫持续了十二年的婚姻是我俩最大的不幸。我们不吵架，没孩子，我们彼此冷着，最长可以半年不说一句话！这样的生活忍无可忍，只好离了婚。

我姐姐是 20 世纪 80 年代末来美国留学的，她的第一次婚姻也不幸福，离婚后和美国白人结婚，如今她生活得不错。记得那年我和二姐还有妹妹、表妹都来到洛杉矶参加大姐露雨的婚礼。露雨的未婚夫是美国骨科医生，名叫罗伯特，他也离过一次婚，比我姐姐露雨大十岁。罗伯特个子高高的，五官很端正，就是秃顶。在外貌上我不喜欢秃顶的男人，可是那不是我找对象，露雨喜欢他定有她的原因。婚礼结束后，我们四个娘家人陪着露雨和罗伯特过了一周的蜜月。沿着一号公路，我们从南到北玩了一圈儿。有一天住在优胜美地的山顶上，在一个豪华餐厅里，五个中国女人围着一个美国男人共进烛光晚餐。一位好莱坞著名导演在我们旁边的桌子上用餐，他感到十分好奇，便站起来走到我们的桌前，对每个女人打量了一眼，然后对罗伯特风趣地说："哥们儿，你的这次旅行一定会有麻烦！"

罗伯特不紧不慢地答道："她们的父亲是将军，她们都在大学里参加过军训，是非常有组织纪律性的！"

话一出口，大家都开怀大笑。这次愉快的旅行使我对西方男人的幽默风趣，以及罗伯特对露雨的关怀备至看在眼里，羡慕在心里。我的姐妹都劝我换个活法，不能老单着。

　　我这个四十六岁的离婚女人，虽不到人老珠黄的地步，可想在国内找个合适的结婚伴侣可以说是难于上青天。我虽然身材和模样还不错，至少是懂得时尚的，我幻想着，有一天像大姐露雨那样在美国遇上我的梦中情人。

　　你一定说我虚荣吧？就算是吧。罗伯特对露雨一见钟情，他们认识后两个月，他就给露雨在Tiffany买了一枚两克拉的大钻戒，那个白金的戒指环是按露雨的意愿定做的，也是世界上独一无二的。这枚钻戒，还有罗伯特浪漫的求婚方式，怎么能不让我这个一辈子都没有尝过浪漫滋味的女人想入非非呢？！

　　我们的父亲是一九三七年参加八路军的。爸爸和一九四五年参加解放军的妈妈都为建立新中国做出过贡献。我身为将军的后代深爱自己的祖国，崇敬革命先烈，可是我是个渴望被爱的女人，为了后半生的幸福，我只好漂洋过海。

　　以学生身份来美国后，我在洛杉矶尔湾社区学院学英语。记得当时我学习十分刻苦，老师要我们大声朗读，要敢于张开口跟别人说英语，这对我一个中年女人来说实在不容易。

　　一天中午，我进学校的餐厅有些晚了，吃完了饭坐在餐桌旁，食堂里几乎没人了，于是我拿出课本，看看周围没人便大声地朗读起来。我正专注地朗读着，一位男士走到了我的身边："真是一个好学生啊！"我抬起头，看见一个灰蓝色眼睛、浅黄色头发的高个子中年男士正微笑地看着我,我有点不知所措,难为情地说:"对不起,我影响你吃饭了吧?"

"没有,我是被你的声音吸引过来的。"

"我的英文不好,发音也不准确,让你见笑了。"

"你要是和我的英语一样好,我们就不会在这里见面了。"他的声音带着男声的磁性。可我一时不知道说什么好。

他大方地伸出手说:"我叫斯特朗,是艺术系的音乐教师。"在我和他握手时,感到他的手很有力量。

"你叫什么名字?"

"露西,是英语老师给我起的这个名字,她说,露西最接近我的中文名字。"

"露西,挺好听的。其实我已经注意你一段时间了,感到你与众不同。"

"你是觉得我这个年龄还来上学,好奇吧?"

"那倒不是,在美国什么年龄开始做一件新的事情都不算晚。"

斯特朗的话让我有些感动,我不敢正眼看他,低着头,手里紧紧地握着课本。

"我能看看你的课本吗?"他问。

我把课本递给了他,于是他坐了下来,在翻看我的课本时,神情十分认真,然后抬起头看着我说:"我有一个办法能让你进步得快一些。"

"是吗,什么办法?"

"我当你的辅导老师，我们交谈是你学英语最好的办法！"

我非常紧张地说："你不知道，我是很笨的，尤其听力不好，与你交谈我会很有压力，我怕浪费你的时间。何况我不想再多付学费了。"

"这倒不会，我愿意免费教你，而且我很耐心，你相信吗？"

此刻他的眼睛迎面注视着我，我看见他的瞳仁像墨绿色的潭水，深沉而多情，一种无法抗拒的力量让我不得不信任他。于是我说："那就试试吧。不过你可以随时开除我这个学生。"

斯特朗露出了笑容，"我还不至于那么严厉吧。"

开始，他并不是面对面地教我，而是每天晚上给我打电话，我们即使不见面，我也紧张，紧张得只好去买一个台湾制造的"快乐通"，把自己说不出的话翻译成英文念给他听。最初的对话无非是"你是什么性格的人？""你有什么嗜好？"，在不经意中，我慢慢放松了，渐渐地，我的口语说得自然流利多了，听力也有很大的提高。

再后来我们开始见面。通过介绍自己的身世，我才知道他的祖辈里有两人曾经是"五月花"号上的大副和二副，祖祖辈辈在这块新大陆上艰苦创业，从波士顿来到加州，他爷爷当年在繁荣的圣塔芭布拉海滩做建筑，一直南迁到圣塔莫妮卡海滩，以至于现在斯特朗定居的新港海滩，祖辈为下一代留下了一份产业。我佩服他的祖先为开发美洲新大陆做出过贡献，而他也佩服我的父母为新中国浴血奋战，似乎我俩有些"门当户对"。

我们甚至谈到了个人生活。原来，他也有过一次不幸的婚姻，已经离婚多年，我们是"孤鸾寡凤"。

自然而然地，我们成了朋友，我那颗曾经冷漠的心开始喜悦起来。一天，我俩在中餐馆晚吃饭，我问他："为什么对我这个并不年轻的中国女人感兴趣？"斯特朗坦率地说："我对西方女人失去了兴趣，也许语言相通，反而会有矛盾。在我的眼里，你还年轻、美丽，我们在一起交流得很愉快啊！"

我觉得他的回答有点牵强，便说："你在追求和自己不一样的东西吧？或者说是猎奇？"

"也许是吧，不过露西，我是真心地爱你！"然后他握着我的双手说，"看着我的眼睛，我说的是真话！"我看见他的眼睛放射出炙热的光芒。

那天他把我送到家门口，我们道别后，我望着他离去的背影，心中充满了感动。也许因为我这一辈子都没有真正地被爱过，那一刻，青春和欢乐的感情就像喷泉似的在我的心中奔涌，我甚至觉得自己比姐姐露雨还要幸运，因为斯特朗不但是个体贴入微的绅士，而且他不秃顶，有着修剪得整齐的好头发。

后来我们成了恋人。哦，那柔情似水的肢体缠绵，这样恩爱的日子是多么令人销魂啊！不久，比我大八岁的斯特朗向我求婚，也给我戴上了 Tiffany 钻戒，最终我们步入了婚礼的殿堂。

我们居住在新港海岸的一栋别墅里，那个海边上与蔚蓝色大海相衬映的白色小楼，还有那气派的游艇，海鸥在阳台上盘旋……

平静幸福的生活过了三年，由于母亲病重，我不得不回国去照顾她。如今我的母亲去世,除了两个姐姐和一个妹妹,在这个世界上我最亲的人就是我的丈夫了。可是这一切就在我回国的三个月里发生了变化。

丈夫斯特朗把我从洛杉矶国际机场接回家。到了家,坐在客厅的沙发上,我四下张望着,别离三个月的家不知为什么让我觉得陌生了,我想找回原来的感觉却感到茫然若失。斯特朗到家以后不敢直视我的眼睛,他把我的行李搬进屋后,就进了厨房,此刻厨房里传出他的声音:"你一定疲劳了,先休息一下,洗个澡,我给你做点吃的。"

家中的一切陈设没有变,可是我感觉好像什么都变了,这是女人特有的一种直觉。哪儿、哪儿都不对头了,你问我为什么,我说不出来,反正我就是觉得不对头了!我暗自思忖片刻,然后走进浴室,想洗个澡放松一下。

我进了澡盆开始淋浴,为了不让头发堵住下水道,我家的浴缸出水处总是放一个细铁丝的漏网,冲完澡后,我拿起漏网清理一下,在被细铁丝网挡住的头发团里,我发现了和我的头发颜色不一样的头发。我小心地理出了两根棕红色的长发,仔细打量,确认它是另一个女人的头发时,我惊诧莫名,心跳都加快了。我立刻穿好衣服,顾不上吹干湿漉漉的头发,便走到了卧室把那两根长发放到了床头柜的抽屉里。

斯特朗已经把两杯柠檬水和刚做好的火腿三明治摆在了餐桌上,他招呼我过去吃饭。我们面对面地在餐桌前坐下,本来我还有点饿了,此刻却被刚才的意外发现搅得心烦意乱,好像千万根头发缠绕在我的心里,让我无法安宁。我喝了一口柠檬水,斯特朗低头在吃三明治。我们沉默了一会儿,这一会儿我感到如此漫长,就像在一个黑暗的隧道里艰难跋涉了很长时间。当斯特朗吃完东西起身要离开餐桌时,我说:"我们可以谈谈吗?"

"谈谈?好的,你说吧。"听他的平静口气,好像有备而来,他看了我一眼,随后低头看着餐具。

"那两根女人的长头发是怎么回事?"

他有些惊讶我的单刀直入,耸了耸肩膀:"我不明白你在说什么?"

我火气冲天,竭力压低自己的嗓门:"你和别的女人睡过了,在浴缸里有两根女人的长头发!那不是我的,它是谁的?"

斯特朗万万没想到在这么短的时间里我就揭开了一个秘密。他踌躇了一下,心里明白已经无法辩解了,脸上显露着无可奈何。

"对不起,有的事情确实发生了。"

"她是谁?"

"我不想说,一切都过去了。"

"都过去了?那我又算什么,我们的爱情已经结束了吗?你不再爱我了?"

"不是的,我很抱歉,是我经不住诱惑。"

"我就那么不值得你珍惜,仅仅三个月,而且是在我母亲病重、去世的时刻,你背叛了我!"

"别那样讲,我并不想伤害你,我请你原谅。"他灰蓝色的眼睛露出了祈求的目光。

我突然感到一种委屈,说不出的难受,禁不住哭起来。我不停地抽泣着,斯特朗走过来抚摸着我的肩膀:"我错了,我知道我伤害了你。"他递给我纸巾,帮我擦眼泪。然后,他搀扶着我到了卧室,"好好睡一觉吧,有什么事明天再说吧。"

我倒在床上,由于筋疲力尽,大概睡了四个小时,醒来后看到躺在身边的斯特朗,他侧着身子背对着我,还在睡着。想起在这张床上我和斯特朗度过了多少充满温情的夜晚,而如今一切都恍若惊梦。我心口顿觉压迫,而大脑立刻活跃起来,我在想这个可恶的女人是谁呢?她为什么要破坏我的幸福?那一夜格外漫长,我期待着天明,期待着尽快把一切弄清楚。

清晨,斯特朗吃了早餐就去上班了。

我没睡好觉,头晕晕乎乎的,感到这个家里很沉闷。

我走到卧室的凉台上,望着碧蓝碧蓝的海水,海鸥在空中盘旋,轮船在海面上航行,本来这是多么美好的一天的开始,自从和斯特朗结婚以后,我就成了家庭主妇,他不让我去上班,只要我把家里的事情打点好,其他的不用我操心。可是这三年平静的生活却被那个女人搅乱了,即使面对浩瀚无涯的海洋也无法使我的痛苦释怀。

为了消磨时间,我决定去健身房做运动。在健身房的更衣室,丽莎也进来了。她热情地跟我打招呼:"露西,你可回来了,你回国期间我还挺想你的。"她戴着马萨奇的墨镜,手里提着路易威登的包，看上去春风满面。我顿时感到丽莎的身上发生了不同寻常的变化：她不再像从前那样谦恭，即使脸上的笑容也显得轻浮，让人觉得她得意忘形。这位三十出头的女人，来自中国长春市，我俩是在健身房认识的，因为都是来自东北，有时我们在健身房还聊聊天。她来美国不到一年，曾在中国是北漂，来洛杉矶后在尔湾一个旅行社打工。我很纳闷，怎么短短的三个月她就被高档名牌武装上了？

丽莎摘下了墨镜，眼神飘忽不定，手捋了捋披肩长发，我这才注意到她的头发染成了棕红色。我的心开始警觉起来，女人的直觉禁不住让我心中起了疑问：难道是丽莎？她在我回国前曾到我家给我送过飞机票，因为母亲病重，我临时决定立刻回国，所以我在丽莎打工的旅行社订了机票。她知道我急着出行，就把机票给我送到家里，也就是说她知道我家的地址。不过那天斯特朗还没下班，他们并没有见过面。

丽莎换上运动服走出更衣室后，我没有心情再去做运动，马上返回了家。我立刻查看过去的三个月斯特朗的信用卡账单，果然发现了在两个月前买马萨奇墨镜和路易威登手提包的两笔支出。此刻，我的心几乎要跳出了胸膛，天啊，丽莎，一个表面对我微笑，私底下却背叛朋友的女人！这太不可思议了，我气得双手发抖，在房间里踱着步子，无法安宁。

傍晚斯特朗回家时买回了新鲜牛肉汉堡和炸薯条，显然他看到了我的脸色很难看。他把饭放在了餐桌上，然后又倒了两杯苏打水，便说："露西，来吃饭吧。"

我和他又面对面地坐在了餐桌旁，我根本没有心情吃饭。看他吃完了饭，我对他说："今天在健身房我见到了丽莎，她的路易威登包和马萨奇墨镜是你给她买的？"

惊讶的表情掠过斯特朗的脸，他的嘴角抽动了一下，欲言又止。沉默了一会儿他说："你都知道了，对，是我给她买的，我和她亲密过，我知道自己不应该那样。"

"丽莎什么地方值得你为她那样做？是她年轻？可她并不漂亮，这到底是为什么呀？！"

"我经不起她的诱惑，她让我的身体有化学反应，我抵挡不住。反正我也说不清楚，这一切就发生了。"

此刻我能说什么呢？欲望就像罂粟花，洋溢着耀眼炫目的芬芳，他无法抵御。

"你不想和我过下去了？"我问。

"没有，我没想过离婚。"

"那你就离她远点，和她一刀两断！"

斯特朗低下了头，声音小得好像自言自语："我不会再和她见面了。"

那天我对斯特朗的行为虽然十分气愤，但我更恨丽莎。她拿朋友的丈夫当战利品，把朋友当牺牲品，太无耻了！我心中的愤怒难平。

第二天我到姐姐露雨家，她住在尔湾著名的福龟岩豪宅区。这个区的住户，不少是近十几年搬过来的中国人。当我把汽车停在姐姐的家边，禁不住站在马路边上，看着周边的花园别墅，多少人一辈子都对这样气派的房子向而往之。我望着它们，觉得好似每一栋宅子里都隐藏着什么秘密：温馨的、浪漫的、哀怨的、恐惧的、孤独的、忧郁的……

我坐在了露雨家客厅里，姐姐给我端上来一杯热咖啡，咖啡的清香扑鼻而来，姐姐坐了下来，她看着我的脸说："你一定遇到了麻烦吧？怎么眼圈都黑了？"

我还没说话，眼泪就流出来了："姐姐，斯特朗有外遇了。"

她有些惊讶，递给我一张纸巾："别激动，慢慢说。"

我把家里发生过的一切告诉了她，她听了我的讲述感到意外和难过，但她却说："露西，维护一个家庭不容易，如果斯特朗说的他不再和丽莎见面，这件事就到此为止吧。"

"我担心的是丽莎不会就此罢休，那么这个家就维持不住了。"我还是难过得哭出声来。

姐姐坐到了我的身边，她搂着我的肩膀，"我懂，事到如今，光哭不解决问题。"

电话铃响了，我的眼泪止住了。姐姐拿起手机，是她的舞蹈老师打来的，说这两周的舞蹈课暂停，她要回国一趟。

姐姐放下电话，若有所思地说："这个世界每天都上演着悲欢离合的故事，我的舞蹈老师你认识，她可能遇到什么麻烦了。"

"她不是有个上小学的儿子，她的母亲和他们住在一起。她的丈夫呢？"我问。

"她从来不说是否结过婚，有没有丈夫。从前她只是在中国的长周末会飞到上海或者伦敦去与儿子的爸爸相聚。"

"她靠儿子的抚养费可以在美国生活下去,可是她毕竟是一个女人啊,这辈子就为了那份丰厚的儿子抚养费生活?这和守寡有什么两样?"我很不理解这样的生活方式。

"在洛杉矶类似我的舞蹈老师的中国女人远不止我们知道的那几个,比起她们的生活,我们应该知足了。"姐姐说。

"姐姐,我不明白为什么有的女人非要和有妇之夫纠缠不清。"

"每个人都有自己的活法,我们管不了别人,把自己的生活搞好比什么都强。"

"我不知道丽莎和斯特朗究竟发展到什么地步。我的直觉告诉我,不容乐观。即使斯特朗不再同丽莎见面,丽莎会停止她的诱惑吗?"我说出了心里最大的担忧。

"也许他只是一时糊涂,你回来了,如果能挽回,尽可能原谅斯特朗吧!"姐姐劝我。她说这话时好像也没了底气。

那天和姐姐告别时,我暂时恢复了平静,我决心把原来属于我的生活拉回来。

回到家以后,我还是像从前那样,努力做好一个家庭主妇该做的事情,不再提起过去的事。斯特朗开始还每天按时回家,可是没过多久,他回家的时间越来越晚,甚至经常半夜才回来。即使我不再指责他,他却无法兑现自己的承诺,因为他抵挡不住丽莎,对他来讲,丽莎是个妙龄女子,她向他投入的万般爱意,彻底征服了他!虽然他不用信用卡给她买东西了,但是他从银行不断地取出现金花在这个女人身上,我成了一个他们偷情的知情人、旁观者。

我尝试着与斯特朗沟通，希望他能回心转意，可这一切都是徒劳。我的精神越来越苦闷，我在家里待下去，犹如把自己像蚕蛹一样地裹在茧中，孤独苦闷使我几乎患忧郁症了。

终于在四个月后的一天，我和斯特朗大吵了起来。我想，当双方都出言不逊的时候，每人的面目表情都是愤怒的，甚至狰狞的。终于我们都提出离婚！我的跨国婚姻持续了不到四年就宣告结束。

我从一个家庭主妇，变成了一个五十一岁的单身女人。我不能这样回国吧？那将无颜面对我的亲人和朋友。我用了一年的时间准备重返学校，后来进了加州大学尔湾分校攻读会计学硕士，毕业后在一家会计师事务所工作。一晃几年过去了，我已经是快六十岁的人，我的生活中再也没有出现过浪漫的相遇。

两年后我在尔湾附近的拉古那山庄的老年公寓买了一个单元房。我喜欢这里有很多公共设施，比如室内乒乓球场地、室外网球场和游泳池，公寓管理人员还经常组织五十五岁以上的中老年人外出一日游和节假日的晚会。

一个周末的傍晚，我坐在公寓的咖啡厅边喝咖啡边听着播放的轻音乐。即使搬入新居，我内心依然觉得空荡荡的。年轻的时候我认为爱情只属于年轻人，可是六十岁的我还在渴望和期盼着什么？也许期盼着一个让我的心能够安宁、让我每天回家后面对着墙也不觉得孤独的人?我喝了一口清香的咖啡,虽然唇齿留香,可心里还是苦的。我茫然地朝周围看了一眼,发现临近的桌子边坐着一位男士。他背对着我,我觉得他的背影很像斯特朗,于是我走到他的面前。

果然是他!我的心跳加快了:"斯特朗,你也在这里!"

他看见我,露出了惊喜的神情:"露西,是你!我们终于又见面了,快坐下来吧!"

我在他的身边坐下:"终于?你的意思是……"我问。

"我很后悔两年前在酒吧里没有问你要一个电话号码,后来我又去了几次那个酒吧,可是再也没有遇见过你。"他的眼睛仿佛在说他丢掉了一件东西,此刻终于找回来了。

"原来是这样!你现在也住在拉古那山庄?"

"是的,一年前我就搬到这里来了。"

"我刚搬进1047号。"我说。

他很惊讶,"我住1035号!我们住得很近,我俩是邻居!"

此刻我突然感到生活开了多大一个玩笑!仿佛从终点又回到了起点,一时间我百感交集不知说什么好。

斯特朗亲切地对我说:"露西,我们出去走走吧。"

"好吧。"我说。

我们站了起来,一起走出了咖啡厅。

已是夕阳西下时分,整个山庄笼罩着金色的寂静,远处的山岗也披上了晚霞的彩装。

我和斯特朗并肩走在小路上,他拉起了我的手,我看了他一眼,他的眼睛向我投射出温暖、爱恋的光芒。我们的手握得更紧了,迎着夕阳,缓缓地向前方走去。

(《人在天涯》发表于《红豆》2019年第6期,入选2019年《北美中文作家作品选》,并入选欧洲新移民作家协会丛书《心归处》)

远离故乡的地方

一

早春二月，我刚到洛杉矶，在南加州大学做博士后研究。正赶上雨季，那天我下班后坐公交车回家，在圣盖博市下了车。晚风突然变得强劲起来，我的风衣下角被掀起，发出呼啦啦的响声。抬头看，天空乌云翻滚，怕是要下雨了。于是我一路小跑地朝住所的方向奔去，一不小心，被什么东西绊了一下，摔了一个跟头，扑通一下趴在了地上。此刻，雷鸣电闪，哗啦啦的雨泼洒在我的身上。我感到浑身难受，好在无大碍，只是双手有划伤。我费劲地站了起来，浑身湿漉漉的，踉踉跄跄地冒雨前行，心里有一种说不出的孤独和委屈，眼泪顺着我的脸颊流下来，泪水和雨水混在一起，从脖子灌进衣服里，真是难过极了。

在雨中走着，条条倾泻的雨线，形成了一片片白蒙蒙的雨雾。忽然一辆黑色的雷克萨斯轿车开了过来，路边飞溅起水花，停在了马路旁。车门打开了,我看见一个穿着蓝外套的女士撑着一把红雨伞向我跑来,一边跑,一边喊着:"雨这么大,我们送你回家吧!"我觉得这声音有些耳熟,正愣在那里,红伞在风雨中已经摇摆到我的身边,把我头顶的雨遮挡住了。

还没等我说话,她又说:"佟力华,你不认识我了?"她那乌黑明亮的大眼睛和我对视。透过朦胧的烟雨,我终于认出她是我在佛罗里达G大学的校友,顾婷婷。

"顾婷婷,原来是你!"我惊喜地说,此时此刻遇到老校友,我的心顿时温暖起来,一汪眼泪又涌了出来。

"快上车吧,瞧你都被雨水淋透了,可别感冒了。"

上了汽车,我俩坐在后排的座位上。开车的是她的丈夫亚当斯,一位满头银发的美国白人,曾经是佛罗里达G大学化学系的教授。他和我打了个招呼,便问我住在哪里,我告诉他,就在前方一百多米的公寓里。

三人走进我租的一室一厅的单元房,我让顾婷婷和亚当斯教授坐在客厅的沙发上,感慨地对他俩说:"真没想到在洛杉矶遇到你们,而且是在这个倒霉的雨天,我还摔了一跤,咱们可算奇遇啊!"

"看你浑身都湿透了,赶紧去洗个热水澡、换套衣服吧!"顾婷婷站起来对我说。

"你们开车出来,一定还有什么事情要办吧?真不好意思耽误了你们的时间。"我感到很歉疚,也觉得自己这个狼狈的样子不宜接待客人。

"我们没什么事儿,在家里待得闷了,就出来转转,真的没事儿。遇到你,咱们还不聊聊?"顾婷婷说。

"我去厨房烧一壶水,给你们沏茶。"说着我就往厨房走。她拽住了我说:"你的手上都是血口子,我来烧水泡茶,你去洗澡吧!"

我把茶叶交给了顾婷婷。她把我推进了盥洗室。

温热的水冲洗着我的头发和全身,我感到舒服多了,心情也好起来。洗澡的短短几分钟里,我回想起佛罗里达 G 大学,那是五年前的情景。

20 世纪 80 年代中后期,在佛罗里达 G 大学,中国女留学生与美国人的跨国婚姻有两例,也许不止两例,因为这两例被人们议论纷纷,我就记住了。

数学系一位大龄女博士生,身材五大三粗,面部长得叫人着急。可她来美国不到一年就与黄头发、白皮肤、蓝眼睛的美国同系的一位男同学结婚了。她在中国人的眼里属于困难户,中国男人看不上她,可是白人小伙子却有不一样的审美。但是对化学系主任、教授亚当斯,一个即将退休的美国老男人,娶了一位中国年轻貌美的艺术系留学生顾婷婷,这事议论就更大了。尤其是男生,个个愤愤不平,好像美国老男人抢走了自己的爱人似的。作为女生,我对美女嫁给美国老男人的事情也不理解,为顾婷婷感到惋惜,因为她确实长得美,不但有川妹子灵秀的脸庞,一对黑宝石般的大眼睛,而且还有舞蹈演员的身材,一点儿也不比欧美模特逊色,为什么她非要嫁给一个老头子?太可惜了!我想,这位化学系的教授与数学系的那个小伙子眼光截然不同,他把佛罗里达G大学的中国校花摘走了,难怪中国的男同学们都捶胸顿足,义愤填膺。

洗完澡,穿好一套干净的衣服,我用吹风机吹干头发,然后拿起护肤品在脸上涂抹了一番,照了一下墙上的镜子,感觉比刚才精神多了,于是我走到客厅里。为了尊重亚当斯,我们开始用英文交谈。

"谢谢你们,如果今天没遇到你们,真是太令人沮丧了。"我感激地说。

"我远远地只看见有人跌倒在地上,然后看见她站起来了,我就觉得这个人像你,所以我让亚当斯停车。"

"哦,这太巧了!你们来洛杉矶多久了?"我问。

"两年多了。亚当斯退休了,他让我选择最喜欢居住的城市。我选了洛杉矶。我们在亚凯迪亚市买了一个独立屋,有时间你一定去我家看看。"顾婷婷说完,我看见亚当斯那双灰蓝色的眼睛温柔地看着妻子,他拉起婷婷的一只手,亲切地抚摸着。

顾婷婷问我是什么时候来洛杉矶的,我说:"我是今年一月初来的。在南加州大学生物化学系做博士后研究。我先生还在佛罗里达G大学继续攻读他的电机系博士学位,他比我晚来美国两年,所以两年后才能毕业。我一个人来到这人生地不熟的地方,有时候感到孤独,特别是今天还摔了一跤,心里特别委屈,多亏遇见了你们。"

亚当斯看了一下手表,对我说:"力华、婷婷,你们一定饿了吧？我们一起去吃晚饭吧。"

"你们去吧，我自己随便吃点东西就行，哪怕是一包方便面。"我说。

"我俩经常在餐馆吃晚饭。亚当斯说得对，今晚我们一起去吃饭！你一定要去！"顾婷婷高兴地说。婷婷执意要叫我同他们一起去，我只好答应了。

然后她问我："你喜欢哪家餐馆？"我却一时答不上来。

洛杉矶有各种风味的中餐馆，当然也有各种档次的西餐馆。我刚到洛杉矶时，正值新年，很多小的中餐馆推出一美元一碗牛肉面的优惠活动，那段时间，我每晚就吃牛肉面，这是在佛罗里达大学城吃不到的。当然对于留学生来说，即使做博士后，挣的钱也不多。对于生活的基本需求，我依然认为最重要的是物美价廉。省钱、不乱花钱、存钱的理念已经深深地刻在我的心里。身在异国他乡，我时时都有危机感，正是这种危机感使我一步一个脚印地在美国生存、求学和奋斗。

"你们去哪，我就去哪。"我说。但是顾婷婷偏要让我选一个地方，我只好说："就去蒙特利市的泰豪咖啡馆吧，华人开的咖啡馆和美国星巴克等传统的西式咖啡馆很不一样，那里不但有各种饮料、甜点，也有中餐和西餐，自由选择的食品很多，更重要的是，几乎通宵营业，只要买一杯饮料，顾客想待多久都可以。"

"好主意！我们还没去过那里，今晚就去！"亚当斯那灰蓝色的眼睛放着光亮，高兴地说。他面部的皮肤已经松弛，他一笑，脸上密布的皱纹就显而易见。他站了起来，他的身材虽然并不高大，但不发胖，而且背基本是直的。

驱车开往泰豪咖啡馆的路上，雨已经停了。夜幕降临，暮色像一张灰色的大网，笼罩了整个城市。洛杉矶地区的夜色是迷人的，路边的霓虹灯闪烁，发出五光十色的炫人光芒。马路两旁的灯光像两条长长的火龙伸向远方。

泰豪咖啡馆是一个大屋顶的平房，那围在屋檐上下的无数盏灯火，如同一串又一串闪光的宝石项链。餐馆门口站立着一个服务生，他恭敬地向每个走进来的人致以问候。我们进去以后，被带到一个车厢座，我坐在了顾婷婷夫妇的对面。

点了餐饮，我和婷婷都喝的是台湾风味波霸奶茶，我要了皮蛋瘦肉粥，婷婷点了麻辣牛肉面，而亚当斯要的是热咖啡和一份牛排。吃饭时，婷婷和亚当斯都夸奖这家咖啡馆真不错。

席间，我发现婷婷不时地望着前方的一个方向，有时低头吃点儿东西，然后又抬头盯着那个方向，似乎突然发现了一个令她心神向往的目标。出于好奇，我扭头看过去，在四五米远的一个餐桌前坐着一位青年男士，他也在和婷婷对望，而在他的对面，我看到一个美国女人的背影。

亚当斯用餐刀仔细切着七分熟的牛肉，然后用叉子将带血丝的肉片放进嘴里，吃得仔细从容。他扭头看看妻子，发现她神情有些异样，便说："甜心，你怎么了？面条做得不好吃？""啊，亲爱的，不是，一切都很好。今天我很高兴。"她说着，两眼放出柔美的光亮。亚当斯似乎有些警觉了，他低头切一片牛肉，然后抬头看一眼身边的婷婷，幸亏他的眼睛只落在婷婷身上，并没有向远处眺望，这让我既松了一口气也让我越发好奇。

顾婷婷觉得我发现了她看到的目标，而且亚当斯也正在观察她，于是她极力抑制住激动的心情，低头吃饭，不再向那个方向看。

好奇心驱使我想探个究竟。我觉得那位男士面熟，恍然间回想起，就在上个礼拜五，我们见过面。那天他在南加州大学艺术馆作了一次演讲，我还向他提问。他是一个年轻有为的中国画家，毕业于四川美术学院，名叫林航。

我对亚当斯夫妇说，我去一趟洗手间，一会儿就回来。我起身向那个不太远的餐桌走去，走到青年男士面前。

"林航先生，如果我没记错的话，咱们上个礼拜在南加大艺术馆见过面。"我礼貌地说。

"哦……"他盯着我几秒钟，然后说，"我想起来了，你就是那个向我提了两次问题的四川老乡？如果我没记错的话，你叫佟力华。"他兴奋地站了起来和我握手。

"是啊，我那天和你说过，虽然我祖籍不是四川，可我是在成都和重庆长大的，所以是半个四川人吧！我对你创作大型油画《重庆朝天门码头》特别感兴趣！"

"这将是一幅五米长的画卷，正在创作中。"

"我认为你正在做一件了不起的事情！因为朝天门在长江和嘉陵江交汇处，它也是重庆的古城门之一；有山、有水、有吊脚楼，轮渡穿梭，还有江边的纤夫；你能把历史的深沉久远和现代化的变迁用油画长卷表现出来，是一个巨大的艺术创举。"

"我也在探索吧！正在努力创作之中。"林航谦虚地说。他中等身材，三十二三岁，虽然热情洋溢却不失稳重大方。

"这是我的妻子索菲亚。"他说着，索菲亚站起来和我握手问候，一丝微笑掠过她的脸，很快就消失了。她黄头发，蓝眼睛，皮肤粗糙，长得并不漂亮，举止言谈像一个教师，表情有些刻板。林航介绍说索菲亚是洛杉矶盖蒂博物馆的工作人员。

短短的寒暄之后，我与林航夫妇告别，向洗手间走去。就在这一会儿工夫里，我想到顾婷婷，她是地道的四川人，她也是从重庆来美国的，她和林航可以说是真正的四川老乡。他俩一定认识，因为婷婷对林航那顾盼生辉的神态、温情脉脉的眼神，让我觉得有种神秘的东西在围绕着我，而我恰似身处烟雨朦胧之中，看不清楚。

吃完饭，亚当斯夫妇把我送回住处。我和他们告别时，婷婷和我交换了电话号码和住址，还特别说，每两个周末她家都举行华人的聚会，她执意让我周末一定要去她家里，我爽快地答应了。

在那个雨天与顾婷婷相遇之后，每当下班走在回家的路上，我就会情不自禁地回忆起那天发生的一切。其实我在佛罗里达G大学和顾婷婷并不特别熟悉，只是在中国学生学者联谊会开晚会时，我们才相见，打个招呼，说几句话。我对顾婷婷印象最深的是她跳舞特别美，不论民族舞蹈还是交际舞，她曼妙的舞姿总是让人赏心悦目,赞叹不已。

在G大学时,生活水平上,我们与她无法相提并论。每当周末,留学生们一起拼车去逛便宜的菜市场,买减价的蔬菜、水果和食品。我们还去买美国人在车库和院子里摆摊的日用品,甚至衣服、旧的唱片和录音带。我常常因为用一美元买了一件毛衣,五美分买了一条牛仔裤,两美分买了一瓶洗发液,心里乐呵呵美滋滋的,当时的留学生活,苦中有乐。但是顾婷婷未必体验过我们的乐趣。

那个雨天,一下子把我和顾婷婷的距离拉近了,他乡遇故知——我们从校友变成了朋友。第二天我就下决心去买一辆汽车,这样不但上下班方便,而且和朋友聚会也方便。在G大学时,我和先生只用了六百美元就买了一辆美国毕业生的、两年新的雪佛莱汽车,而加州的东西都比佛罗里达贵,既然我已经完成了博士学位,经济上也宽松些了,就买了一辆崭新的本田雅阁。

本来我想一定要给顾婷婷打个电话,感谢他们夫妇对我的热心帮助。没想到顾婷婷先给我打来了。那晚,我们聊了很久,我说,一个人来到洛杉矶,又进入了单身生活,有时候很孤独,尽管每周我和先生都要通一两次长途电话,可是从家庭生活回到单身生活,还得有一段适应的过程。没想到顾婷婷却对我说:"力华,你的孤独我能理解。可是我的孤独和寂寞谁能理解呢?你知道吗?同你不爱的人朝夕相处,你心里想的是另一个人,空荡的心总在挣扎、搏斗,就像一个幽灵在折磨着你,那才叫真孤独、真寂寞啊！还不如单身呢！"这句话震撼着我的心，让我无语。

"婷婷，当年你在佛罗里达 G 大学，为什么要嫁给亚当斯？"我鼓足勇气大胆地问。

"刚到 G 大学不久，一次我在图书馆借书时遇见了亚当斯。当时我对图书馆图书设置不熟悉，找不到自己想借的书。他热心地告诉我如何检索想看的书籍，于是我们就认识了。开始我很感激他对我的帮助，后来发现他经常在我可能出现的地方等我，和我见面。再后来，他告诉我他的妻子因病去世两年了，我对他很同情。"她说。

"当时你一定发现他有不少吸引你的地方吧？"我问。

"我发现他心地善良，虽然年龄比我大很多，但是他很有浪漫情调；他请我去郊游，去享用烛光晚餐……而这种情调是很多中国小伙子当时没有的。我喜欢他的绅士风度，喜欢他渊博的知识，就和他恋爱结婚了。"

"可是现在为什么后悔了？"我坦率地问。

"现在想起来，我忽视了两个问题：一是年龄的差别可能带来的隐患；二是两人的文化根基不同，包括所受过的教育、思想传统等的差异；而这种差异会给心灵的交流造成困难。没有心灵深处的交流，只有两性关系，这样的婚姻是有缺憾的。再说了，不论中国还是外国，不论是跨国婚姻还是同族裔间的结婚，都有不幸福的，这能用为什么说得清楚吗？"

听了她的话，我能感觉到随着时间推移，顾婷婷和亚当斯之间的感情在一步步疏远,尽管他们表面上温文尔雅,但我感到,婷婷已经对西方式的嘘寒问暖,那种很多人羡慕的浪漫感到厌倦。

"你可以去工作,在工作中感受生活的乐趣。"我说。

"我是艺术系毕业的硕士,很想用自己在多媒体传播方面的知识服务于社会,但是,亚当斯不愿意我出去工作,这也是我苦闷的原因。虽然亚当斯不但有退休金还有家族遗产,我完全可以坐享其成,但是这不是我要的生活。"

"我可以理解,因为婚姻和爱情永远是说不清道不明的东西,用美国人的话来说'爱就是爱,不爱了,就是不再爱了,没有理由。'非要讲出个所以然来是做不到的,只有当事人的感觉最清楚。"我对她有了一份更深的理解。

婷婷又说:"因为我孤独寂寞,每两个礼拜六下午我都邀请认识的中国人来我家开派对,吃晚饭,跳交际舞,你一定要来啊!"我答应她一定去,我也喜欢热闹。我做博士后虽然工作任务很重,但是,不像当学生时要应付作业和考试,周末可以好好休息和玩乐。

二

星期六的下午,我穿着毛织的连衣裙,把长头发盘了起来,在脑后绾成一个发髻。妈妈跟我说过,女孩子还是穿裙子好看。而我待过的佛罗里达州和现在的加州,都气候宜人,一年四季可以穿裙子。

顾婷婷的家在亚凯迪亚市,众所周知,这是一个比较富有、华人居多的城市,学校好,房价也贵。我开着汽车前往,下了汽车,抬眼望去,草坪和树木一片郁郁葱葱,在绿色的掩映下,一个豪宅出现在我的眼前。说它是豪宅,因为它比一般的独立屋大而气派,外观看上去,是西班牙建筑风格。它清新不落俗套,灰墙和红瓦,拱门和回廊,大玻璃窗户,门廊、门厅向南北舒展。

走进大门,灰白色带花纹的大理石铺成门廊、客厅和餐厅的地面,几盏华丽的水晶吊灯闪烁着光芒。顾婷婷见我来了,特别高兴地给了我一个拥抱。我把自己做的炸春卷带来了,她领着我走进厨房,一个叫王妈的中年妇女在里面忙碌,她接过装春卷的铝箔盒子,放到了厨房明亮的瓷砖台面上。婷婷说我第一次来她家,便热情地向我介绍餐厅的纯木餐桌,名牌座椅。我们走进书房,里面有精美高大的书橱,各种书籍摆放有致。客厅的旁边是一个舞厅,豪华大气,紫红色的木质地板,霓虹灯五光十色,虽不很亮但十分迷人。吸顶灯、射灯、彩球转灯一应俱全。婷婷告诉我,她之所以看上这套房子,就是因为它有一间标准的舞厅,我禁不住踮着脚尖,在光滑的地板上转了一个圈,灯光把我和婷婷的脸映得神采奕奕,使我的心情格外舒畅。她又带我来到二楼的主卧房,粉色柔软的地毯给人以温馨的感觉,墙壁上挂着她和亚当斯的大幅结婚照,卧室的床罩和窗帘都十分精美华丽。然后我俩下楼,走入大客厅,她把我介绍给已经到来的许多朋友。这些来宾有画家、雕刻家、音乐家、歌唱家、教授、律师，也有好莱坞的群众演员、自己开业的老板，更多的是像我这样在大学或者公司工作的留学生。

我对这么多的来宾一个也不认识，于是我拿了一杯橙汁，坐在一个角落里，边喝边看着手里握着软饮料杯子的男男女女。他们神采飞扬地交谈着。客厅的墙壁上，挂着不少装饰画，其中有一幅是著名电影《飘》的剧照——白瑞德与郝思嘉亲吻的精彩一瞬间，它给无数人留下了深刻难忘的印象。我一直在一些艺术品商店寻找这幅剧照，想买回来把它挂在家里。今天在此地看到它又勾起我的一份感动。我觉得世界上最美好的感情是爱情，世界上最脆弱的感情也是爱情！尽管如此，人们对爱情的向往还是前赴后继，如飞蛾扑火，在所不惜！

不一会儿，林航夫妇进来了。看来他们是这里的常客，很多人都上去和他们寒暄。顾婷婷微笑着和他们打招呼，并把他们带到放饮料的台面前，问他们要喝点儿什么。我看见婷婷此刻的眼睛又放射出神秘的光彩；她在刻意压制内心的激动，表现出女主人应有的矜持大方的姿态。林航拿起了一杯可乐递给妻子，给自己倒了一杯咖啡。他清新俊逸，温文尔雅，棱角分明的脸上冷静自如，而那双深邃的黑眼睛里，透着一种狂野不羁，性感十足的味道。

晚餐很丰盛，来宾一般都会带上自己的拿手好菜。厨房里的王妈会将饭菜、水果、葡萄酒和餐具、酒杯摆放好，并做了凉菜、主食，还有甜点。吃饭的时候，有的人在餐厅，有的人在客厅，二三十人三三两两分散开来，并不显得拥挤。

我品尝着各式佳肴，亚当斯走到我的面前，他说："力华，你手上的划伤好了吗？""好了，谢谢你还记得那天我摔了一跤。"说完我俩相视而笑。但是我发现他的灰蓝色眼眸里隐含着一种忧虑，这让我似乎明白，也不完全明白，我的心中有一种说不出来的滋味。

吃完了饭，婷婷宣布舞会正式开始。大家涌进了舞厅。肖斯塔科维奇的《第二圆舞曲》响起来了，第一支舞一般都是夫妇先跳，林航和索菲亚、亚当斯和顾婷婷等一对对男女开始翩翩起舞，跳起了优美的华尔兹。一支曲子跳下来，婷婷走到我的身边，"力华，你也去跳啊！""我没有舞伴，总不能去请男士吧？"我调侃地说。这时响起了约翰·施特劳斯的《皇帝圆舞曲》。亚当斯走到我的面前，邀请我跳舞，于是我们挽着手臂滑入舞池。亚当斯跳华尔兹从容娴熟，他把我带入舞蹈和音乐的高潮中，我们连续旋转，快慢有致，跳得酣畅淋漓。我跳着，眼睛的余光看见，穿着宝石蓝金丝绒晚礼服的顾婷婷和林航在我们不远的地方跳舞，她飘逸的长发随着舞步飘动，裸露的双肩雪白玉润。他们气质典雅，舞态华贵，舞姿优美，旋转如风，尽显华尔兹的唯美意境。当这支舞曲结束，人们停了下来。由于《皇帝圆舞曲》时间较长，加之好久没跳舞了，我浑身发热满头出汗，于是走到客厅里去拿了杯冰镇饮料，坐在沙发上慢慢喝。

这时探戈舞曲《一步之遥》在舞厅里播放，隐藏在音乐里的爱与绝望、汹涌暗潮的激情与对抗，突然就在我脑海中浮现，当然，还有那些不动声色、却总是紧揪着心跳的思念、哀愁与无奈……我想，不是每个人都会跳探戈，也不是每个人都懂得或者解读出舞曲中的真正含义。顾婷婷是舞蹈高手，一定会在这时大展风采。喝完饮料，我步入舞厅，看见顾婷婷和一位男士在跳探戈。一个转身，一个眼神，一个脚步，一对男女在兜兜转转之后终于遇见，一个在前进中试探拉扯，一个在后退中欲拒还迎，若即若离，这就是探戈的美，它彰显出生活中的男女之间对爱的渴望、追求与遗憾。

在接下来的舞曲中我没有再去跳舞，我一个人漫步在门廊和庭院中。我喜爱这般美妙愉悦的夜晚，喜爱看月亮的光芒挥洒在树的枝叶上，感觉着叶枝和光在微风中轻轻地摇曳着，聆听喷水池发出涓涓的流水声。

今夜，多美的春色，庭院的美景积聚着心的憧憬，蕴含着春光明媚的未来。我轻松地走在一条小径上，突然间，发现前方的一个灌木丛中有一对男女的身影。出于好奇，我小心地走近，不料看见顾婷婷和林航拥抱在一起，并热切地接吻着。我被眼前的一幕惊呆了！竟看见了现实版的《飘》的剧照。我心跳加快，紧张得出了一身冷汗，赶紧转过身去，镇静了几秒钟，做了一个深呼吸，悄悄地往回走。

走到门廊，正好撞见亚当斯，他似乎正在寻找顾婷婷。我赶紧迎上去和他交谈，而且我故意把声音的调子提高，好让院子里的人能听见。我问："亚当斯，您会跳拉丁舞吗？"他说会一点儿,我又说,刚才和他跳华尔兹使我非常高兴,是否可以陪我跳一曲吉鲁巴?他欣然答应,于是我俩回到了舞厅。当吉鲁巴舞曲《夕阳伴我归》响起,我跳得狂野奔放,好像要通过舞蹈把我内心的不安与紧张完全释放出来!谢天谢地,不一会儿,林航从容地走进了舞厅,而且和妻子索菲亚坐在了一起,我总算松了一口气。

与亚当斯跳完吉鲁巴,我又走出舞厅,来到客厅,坐在沙发上,我想让激动的心情平息下来。此刻,正巧林航从洗手间走出来。他看见我坐在那里,便走到我的跟前说:"佟力华,下个礼拜六在蒙特利市的长青书局有我的画展,如果感兴趣的话,请去捧场。"

"这太好了!我一定去!这次展出的画作是?"我面带微笑地问。

林航在我的身边坐下,然后对我说:"这次展出的大部分画是我来美国前去西藏写生的油画作品。"

"西藏高原对很多中国人来说都是一个神秘的地方,美国人就更感兴趣了!"

"你说得对。我就是在西藏采风时遇到我太太索菲亚的。"

"多么浪漫啊!那时中国人的涉外婚姻很少,你们一定有很多动人的浪漫故事吧?"我问。

"谈不上动人和浪漫!我当时刚从四川美术学院毕业,毕业后留校任教。第二年,也就是1983年我就去了西藏六个月,当时我是一个毛头小伙子,对爱情懵懵懂懂的,在那个特殊的年代,特殊的地点,遇到了特殊的人。索菲亚爱我,非要嫁给我,我们就结婚了。我跟着她来到美国,一晃快十年了。"他说着,带着一种羞怯、无奈的表情看着我。

"你们有孩子吗?"我又问。

"没有,我不知道明天会是什么样子,所以不要孩子。"

"你太太也不想要孩子?"

"她,她当然不是,可是她也不能强求我。"

"对不起,我不该问这些。"我说。

林航的眼睛里放射出一种感激和友好的光亮,他捋了一下前额的头发,然后轻声对我说:

"别说对不起,刚才在院子里我看见你了!也听见了你和亚当斯说话,我要谢谢你,谢谢你这个老乡!唉……算了,不说了,这件事,我会解决好。我真羡慕你这样的留学生,虽然不富有,可是你们的感情世界是富足的!"

"你和顾婷婷怎么认识的?"

"两年前在一次我的画展上,我们相遇,我俩曾经是重庆一中的同学!上中学时我们就认识,虽然不在一个年级,彼此都有好感。后来我们先后上了大学,失去了联络。在美国洛杉矶,意外地久别重逢,我感到相见恨晚!"

"顾婷婷也和你想的一样吗?"我又问。

"是的,我们都认为,用自己的双手和相爱的人共同创业、同甘共苦才是我们要的生活!作为一个画家和一个艺术家,我们都特别想回四川,那里才是我艺术创作的源泉。我要回去画长江、嘉陵江，还有很多历史遗址，我计划要画重庆历史遗址的大型组画。婷婷回去也大有可为。"林航充满憧憬地说，把我当成了一个真正的朋友。

"婷婷真的希望回四川并放弃现在的优越生活？"我问。

"她的愿望比我还迫切。我相信你也看出来了她的孤独和寂寞。我们都是成年人，前些年的生活道路走错了，现在纠正过来为时不晚。我俩对未来已经想好了，难过的是当下；我们都是善良的人，都不愿意伤害爱我们的人，这是为什么事情还拖着。"说完，他叹了一口气。我看见他的眼光暗淡下来。我既同情他和顾婷婷的爱情，也对他们双方的配偶有一份恻隐之心，此刻我能说什么？我只有默默地点了点头，表示理解他们，同时也为他们如何处理好这份感情捏了一把汗。

这时顾婷婷走到客厅来了，林航起身向舞厅的方向走去。

"力华，我们去院子里走走吧，我跳得浑身冒热气，需要休息一会儿。"婷婷说。

我俩走到了院子里，晚风轻拂，空气里带着草木的清香，让人感到神清气爽。一轮圆月高悬在天幕上，无数星星在闪着光芒。

"力华，刚才你都看见了，我也不想解释。"婷婷低头说。

"我现在才明白你在电话里同我说的那种无人懂得的寂寞，我理解你，也理解林航。我担心的是亚当斯同意和你离婚吗？"我坦诚地说出自己的想法。

"亚当斯是个好人，他不会大打出手，这就使我更加为难。

和他离婚，我不会要他一分钱的财产！我不想伤害一个好人，可是没有爱情的婚姻是两人的不幸。他心里明白我的想法，他就是不愿意说破。"

我看见婷婷的眼睛里含着泪水。我拉着她的手，我们走到一个长木椅坐了下来。我说，虽然我是一个学自然科学的，但是我喜欢读书、喜欢探索人类的精神世界和感情需求，因为一个人的精神不愉快，最终会影响到身体健康。

"正是这样，我不愉快，亚当斯也不愉快，这两年他衰老得很快，他需要和一个真爱他的人生活在一起！"婷婷说着，一脸的忧愁。

"我认为一个人不论身在发达的美国、西欧，还是在不富有甚至贫穷的国家，都不重要；重要的是和相爱的人在一起，不论身处何处都是幸福的！生活之所以美好，只因为有你所爱的、美好的人啊！"我说。

"这正是我想说的！也是经历了这么多年的海外生活，我终于明白的道理！"婷婷激动地握着我的手，一股晶莹的泪水夺眶而出。

晚会将要结束，我和婷婷走回舞厅，来宾们在《友谊地久天长》的乐曲中互相祝福，告别。

三

日子过得很快，恍如彩云般地从我的头顶飘过。那令人惆怅的春雨,那令人欣喜的夏花,那令人愉悦的秋叶,那令人起敬的冬松,伴随着无法抓住的时光,都镌刻在了我的记忆之壁。我从穿着毛织裙去婷婷家参加晚会,到穿棉布裙子,再到丝绸连衣裙,一晃就是一年过去了。我在一首诗中写道:

  一切过去的日子都是彩色的年轮
  一回头就看见痛苦、无奈还有
  成功和爱情的颜色
  一切现在的日子都能感觉
  年轮滚动,不在乎是绿色或红色
  甚至是战争的黑色
  因为这是生活
  一切将来的日子都有希望
  希望使生命的年轮——
  五彩缤纷

  令人欣慰的是,一年半后,顾婷婷和林航都顺利离婚。他们同配偶和平分手,并且两人结为夫妻。我参加了他们在拉斯维加斯举行的简单婚礼。然后,他们一起回到四川重庆,开始了崭新的生活。
  不久,我的先生从佛罗里达 G 大学毕业,由于电机系的博士不需要做博士后,他在北加州硅谷的一个大公司找到了满意的工作,我也随着丈夫到旧金山生活和工作。

一次，我回洛杉矶参加一个学术会议，刚好碰到了当年在顾婷婷家参加过晚会的一位朋友。她告诉我，亚当斯已经有了新的妻子，是一位中年美籍华人，他们生活得很好。当我问及索菲亚，她说不知道她的情况。于是我提议去盖蒂博物馆看看索菲亚，我们去了，可惜没见到她。听博物馆的一个工作人员说，她又去了中国西藏。我想，也许索菲亚在西藏高原想重温那段曾经有的美好时光。

我和远在重庆的顾婷婷夫妇一直保持着联系，开始时发电子邮件，现在有微信就更方便了。林航回国后不但完成了《朝天门码头》的长幅画卷，而且还创作了《重庆八路军办事处》等历史组画几十幅。婷婷在电视台工作，两人事业上比翼双飞，还有了一个宝贝儿子，生活得很幸福。

每当和顾婷婷通话时，虽然相隔万水千山，在太平洋的对岸，我和他们似乎贴得更近了，而先生和我，即使漂泊在他乡的日子里，并不孤独寂寞，也是幸福的。

（《远离故乡的地方》发表于《百花洲》2023年第二期）

夕阳下

一

那天下午,吕竞竞想到春节即将来临,便拿起手机向微信"老朋友"群的群主罗小燕发了一条私信:"龙年春节前后,咱们聚一下吧,可以到尔湾来吃自助餐,也可以在尔湾的'马家馆'吃芝麻大饼,畅谈一下龙年之愿景。"文字之后是一个咧嘴笑的人脸图像。信息发出后,竞竞心想小燕一定会积极响应。谁不希望在龙腾虎跃的一年里,老朋友们都能获得"整年好运一条龙"?喜庆一下当然是必要的。于是她走进厨房开始准备晚饭。

吕竞竞并没有收到小燕的马上回复。也许人家正忙呢!她猜想着,倒也不急,离春节还有半个月,急啥?可是说不急,她每十分钟开一次手机,查看有没有小燕的回复。直到晚上七点,她和先生吃完了晚饭,才看见小燕给她的回信:

"我现在还真定不下来,女儿得了重病,详情以后再说。"

竟竟的眼睛扫过这条信息，没有多想，立刻回了两个字："好的"。

可是放下手机，她的心情有些茫然，小燕短短的回话总在她的脑海萦绕，挥之不去。走进厨房，竟竟站在正在洗碗的丈夫老史的身边，告诉他，小燕的女儿病了，也不说啥病，还说得了重病，春节前后我们那几个老朋友怕是无法聚会了。老史扭头看了看竟竟，看到妻子一脸的困惑，便说："人家孩子病了，不愿意告诉你，你就别添乱了，该干啥干啥。"竟竟只好回到客厅，穿上一件外套，出了门，开始她每日半小时的室外健步走。

竟竟家边有一个湖，绕湖一周正好两千米。竟竟在湖边走着，一阵寒风吹来，她觉得浑身都冷，禁不住加快了脚步。在寒风中行走，她头脑似乎清醒了，忽然认识到小燕提到"重病"的分量，那一定是非常严重的事情发生了！她抬头望了一下天空，今晚没有星星，也不见月亮，那墨黑底色的天幕上滚动着铅灰色的云。因着路灯是亮的，脚下的水泥路清晰可辨，而湖面墨绿如漆，那倒映在水上湖畔的房屋和林木，在风的作用下扭曲变形。竟竟对这湖是怀有深情的，她曾经在一首诗《家边的湖》中写道："星星在水里射出光芒／月亮投入湖的怀抱／水中的月亮／眨着眼睛和我对望，我把／一切烦恼抛给月光。"可是今晚，既没星星也没有月亮，她心中的疑问、担心，伴随着在湖畔的脚步，越来越沉重，沉重得既像墨黑的天空，又像深漆的湖面，看不见底，无法排解。

二

"老朋友"群里其实只有五人，他们都是"老铁"。铁到什么程度？就是多年不见，甚至彼此杳无音信，依然还是一见如故。他们20世纪80年代后期出国前，都在北京同一个医院工作，既是同事也是朋友。上大学时李丹华和赵智仁是同学，而竟竟和小燕以及她的丈夫孙建伟是大学同学。工作上，竟竟和赵智仁在同一科室，小燕和李丹华在同一科室，大家知根知底。而到美国留学后，竟竟先与李丹华在洛杉矶相遇过，而赵智仁与小燕夫妇先后来到洛杉矶。记得二十年前小燕夫妇和赵智仁一家在竟竟家里欢聚过一次，那时就缺李丹华。一年后，小燕一家因工作变动又到了旧金山。这五个第一代新移民，为生存奔波，聚少分多，很难凑到一起。他们是断断续续的联系，三三两两见过面；但是不论身在何处，友谊的纽带，将他们牢牢地拴在了一起。一晃三十几年过去了，李丹华和赵智仁已年过七旬奔八十了；小燕和丈夫也都退休，他俩比竟竟大五六岁；而年龄最小的竟竟也接近美国的退休年龄，不再上班了，不管是"40后"还是"50后"，他们都已经步入老年时期。去年四月，五人终于都定居大洛杉矶地区，三十几年来第一次集体在一个尔湾的中餐馆相聚，那次聚会后由小燕牵头，成立了"老朋友"微信群。

竟竟从湖边走完步回到家，心神不宁地坐在了沙发上。此刻丈夫老史正在阅读杂志。看竟竟回来了，他抬起头，发现妻子脸色有些苍白,便问了一句:"你没事儿吧?""我能有啥事儿?"竟竟回他。

竟竟看见老史头上的白发在灯光下闪着银光,虽说他是少白头,高中时就开始染发,过了五十岁,他索性顺其自然,不再染发,好在他的皮肤白,而且白里透红。她不知道是应该叹息他俩都老了,还是应该欣慰,至少他俩和远在纽约的女儿是健康的。尽管女儿并没有按照他们期待的那样常回家看看,但是,孩子在二十六岁结婚,生活幸福,工作顺利,甚至前年他们有了一个外孙子,女儿也不让他们去帮忙。女儿的做法,时常让竟竟有些失落,她和老史都想念女儿,但又怕打扰女儿……哎,当爹当妈的心,孩子真懂吗?第一代新移民面临的不仅仅是在职场上、社会环境中的文化观念与中国传统观念的区别,而且还面临着西方社会子女在法律上并没有为父母养老送终的法规。有时候竟竟想,只要自己在即将离开这个世界的那一刻,女儿能在她的身边就足够了。

相比之下,罗小燕与孙建伟他们两口子在这一点上是十分幸运的,因为他们女儿对他们无比依恋,不但外孙子和外孙女是他们帮着带大的,而且,现在他们和女儿女婿同住圣地亚哥,虽不是三代同堂,但也是邻居,随时可以互相照应。就凭这一点,竟竟对罗小燕真是羡慕极了。

竟竟无奈地拿出手机,点开罗小燕的微信头像,自己回复她的"好的"两个字又跳到她的眼前。她摇了摇头,感到这两个字只说明她理解暂时不聚会,但对罗小燕孩子的病,她没有表示什么。然后她又打开"老朋友"群。忽然,她发现罗小燕刚在群里发了一首由洋澜一演唱的歌曲《化风行万里》。为了不打扰丈夫阅读,她戴上耳机,开始听这首歌。听着听着,觉得这是一首情歌,年轻人失恋唱的歌曲。如果是在昨天,她只是听听而已,谁没年轻过?谁没失恋过?她能理解。可是今天,她有些疑问:一是小燕自己的感情世界顺风顺水,和老伴孙建伟可谓恩恩爱爱、白头到老的楷模;二是她从来不在群里发情歌。当然,听那些有名的外国情歌《托赛里小夜曲》《斯卡布罗集市》和中国的《草原之夜》《吻别》等,都是人们传诵的经典歌曲,这叫重温经典。而《化风行万里》不但不是经典歌曲,而且歌词悲伤得死去活来:我化风行万里,越过大海找寻你;你却似一场雨,落入我的心底,关于我的一切,因你才风和日丽……听着,听着,竟竟更加茫然困惑。今天是怎么了?罗小燕发这首歌给大家听,难道是她心底绝望的呼喊?这歌声,有一种不祥之兆。

　　她起身到厨房拿出两个高脚酒杯放到台面上,打开冰箱,往酒杯里倒了些白兰地、柠檬汁和葡萄汁,配上少许苏打水再加上冰块儿,鸡尾酒调好了。她举着两杯橘红色的鸡尾酒走到客厅,将一杯递到了正在阅读的老史面前,老史看到闪亮的橘红色在酒杯里晃动,带着疑惑的目光伸出一只手,接过了酒。竟竟在他身边坐下,抿了一口酒说:"老史,我想让你也听听这首歌,也许你会给我些启示。"老史有些诧异,竟竟一般不喝酒,今天晚上还调起鸡尾酒,他禁不住喝了一口,味道还不错,便放下手中的杂志，做出洗耳恭听的样子。竟竟点开了手机里的那首《化风行万里》，整个客厅弥散着这支歌曲的声音和情调。

老史皱着眉头说："什么乱七八糟的？这你也喜欢？咱这老夫老妻的，还在青灯照影冷清夜，白发听歌感少年？"说完他端起了酒杯。

竟竟关了手机说："不是我喜欢，是罗小燕发到我们几个老朋友群的，我觉得也许和她的女儿得病有关系。"

"哦，下午你不是说，她告诉你女儿得了重病？""嗯，我看可能还真是有什么大事儿，否则，她发这歌曲什么意思？""竟竟，我劝你还是不要用人家的悲哀折磨自己，罗小燕不想说，自有她的道理，是不是？你看，当年你的导师得了重病不是也没有告诉你，怕你过分牵挂。"

"那你说我就不能关心一下，比如问一问她需不需要帮助？我毕竟在医疗系统工作多年，也许能帮到她。"竟竟说出了自己的理由。

"不就是发一条微信吗，你自己看着办吧，我想也没有什么不好。"老史说完又喝了一口酒，然后拿起杂志低头看了起来。

沉思片刻，竟竟打开手机，点开了罗小燕的微信头像，她写下了如下的话语："小燕，希望孩子没大事，为你的女儿祈祷。愿孩子早日康复！"发出去后，又觉得意犹未尽，加了一句："不知是否需要帮忙找医生？"然后她放下手机，把在茶几上的那杯橘红色的鸡尾酒端了起来，晃了晃，一饮而尽。

那晚睡前，罗小燕没有回复。竟竟借着酒力很快入睡了。

三

次日清晨，竞竞一睁开眼睛就打开手机，她看见罗小燕回了一个表情包："谢谢朋友。"两个红字谢谢在上，中间夹着一双黄色的手捧着跳动的红心，下面是蓝色字的朋友。这个红黄蓝三色表情包，在她的眼前不停地跳动，她的心中有说不出的滋味。她把手机递给身边的老史，老史看了以后，心想既然昨晚竞竞已经问罗小燕"大事""祈祷""帮助"，这些都再明白不过了，她还是不想说，只能证明事态严重，她自己还没有理出头绪来。

"罗小燕的女儿出了大事！这个病可能非常严重！"老史对竞竞说。竞竞默默地点头表示同意。

上午竞竞给住在尔湾的李丹华打了一个电话，得知她最近与罗小燕并没有联系，什么也不知道。竞竞约丹华去鸿城海鲜点心酒家饮茶。

冬天的尔湾，依然温润舒适。竞竞开车的一路上，万里碧空飘着朵朵白云，清风一过，云朵飘散开来，成片连在一起，像海洋里翻滚着银色的浪花。高速公路两旁的树木和花草，在阳光的照耀下，闪闪烁烁。而奔驰在蓝天白云下的竞竞，她的心头还是乌云密布。

进了饭馆的门，竞竞张望了一下，看见在靠窗的一张方桌前，丹华正在向她招手。竞竞走过去，坐在了丹华的对面。洛杉矶的华人都喜欢饮茶，吃广东点心。从前要是晚来一点儿，就要排队等叫号。而这一年多来,通货膨胀越来越严重,不但食品价格上涨,而且下饭馆的价钱也在飞涨。可是日子还得过下去,就如汽油费飙高到五六美元一加仑,也不见高速公路上的汽车减少一样,鸿城海鲜点心酒家,今日依然座无虚席,只是不见在门口排队的人了。

"竟竟啊,今天是什么风把你吹来了?"丹华面带笑容地打招呼。

"想你了,想和你聊聊。你说这洛杉矶的天气,昨天还阴云密布,今天又艳阳高照,我真不知道风在朝哪个方向吹。咱们边吃边喝边聊吧!"

她俩品着菊花普洱茶,不一会儿,虾饺、凤爪、烧卖、萝卜糕、龙虾面就摆满了桌子。

"你听了罗小燕发到咱们微信群里的那首歌了吗?"竟竟问。

"听了,我感到挺纳闷儿,她发这小年轻的歌曲,似有心中的苦闷,咱也不知道为啥?"

"因为她女儿得了重病!"

"重病?!"

竟竟就把昨天她和罗小燕的两次微信来往,以及她的困惑都告诉了丹华。丹华开始一脸的惊愕,眼睛都睁大了,很快又恢复了平静。她思忖片刻,镇静地说:

"我已经遇事不惊了,我儿子去世那会儿,我把所有痛苦的滋味都尝够了!"

"十几年前我听说了你儿子在北京办公室里突发心脏病,都来不及抢救……我想去安慰你，赵智仁告诉我你已经躲到旧金山去了，一去就是多年，说是就怕见老朋友，不愿意任何人提及这件事。"

"现在我想起来还心痛啊，咱不提这事儿了。"丹华叹了口气说道。

竟竟无语，她似乎有点儿明白了为什么罗小燕不愿意说女儿究竟发生了什么。

丹华年轻的时候梳两条又黑又粗的大辫子，20世纪70年代中期，爱美的女人们开始烫发了。她的头发因为太多，一烫头，头发便成了难以打理的"鸡窝"。竟竟在国内刚认识她的时候，就羡慕她的头发多、皮肤白、身材好。可是如今，丹华的头发就像一顶灰色的帽子，不在乎是灰白还是银白，没秃头就是万幸；而她脸上的皱纹，已经纵横交织成一幅历经沧桑的图画，竟竟坐在她的面前，感觉岁月这支笔，毫不留情地在丹华的脸上刻下了抹不去的痕迹。

竟竟知道丹华不但十几年前失去了儿子，也知道丹华和她丈夫的关系不好，出国前她就离婚了。那时儿子已经在国内大学毕业，经济独立。而丹华来到美国后，国内的儿子在改革开放的浪潮里开业经商，三十几岁就成了公司的老板。丹华却在美国经历了好一番挣扎。她曾经嫁给一位在洛杉矶的王先生，与王先生生活了十年，还是离婚了。离婚不久她在国内的儿子又出了事儿。直到去年，五个老朋友再聚首，竟竟才见到丹华，得知她就住在自己家附近，并且丹华和一个比她小几岁、从未结过婚的欧洲裔男人同居。像丹华这样年纪的女人，英文说得并不流利，却能与洋男人朝夕相处，还真不简单。在竟竟眼里，丹华就是一个能伸能屈、神经够结实的那种人。

"丹华，我看罗小燕、孙建伟他们两口子和你不一样，不论在国内还是国外，都顺风顺水。尤其对他们的宝贝女儿万般溺爱。女儿在美国上中学，读大学，获得计算机硕士，嫁给了一个印度裔的、生在美国、长在美国的医生。他们可对女儿付出了比别人多的心血啊！"竟竟说着，真为罗小燕夫妇捏一把汗。

"说的也是啊，你说，他们的女儿生了第一个孩子，孙建伟还远不到美国的退休年龄就从旧金山辞去了工作，给在圣地亚哥的女儿带孩子，这一带就是十几年，也就是说，孙建伟与罗小燕分居了十几年；直到前几年罗小燕退休，她才定居在圣地亚哥与丈夫和女儿一家人团聚。现在外孙女、外孙子都上中学了，他俩也都退休了，是该过上含饴弄孙的好日子了！唉……竟竟，你说他们好日子还没过上几年，女儿就得了重病，这打击该多大啊！"李丹华说完，又叹了一口气。

"丹华，你说会不会因为他们过分溺爱孩子，孩子得到的福分太多，上帝就早早地要把他们的女儿招进天国？"竟竟弱弱地问了一句。

"也是，也不完全是。但我相信人的生死天注定，有些例子支持你的猜想，也有太多的生离死别说不清道不明啊。咱们过好每一天吧！你看咱们光顾着说话了，赶紧吃饭吧。"丹华说着，把一个虾饺夹到了竟竟的盘子里。

竟竟来饮茶，最后一道点心一定是杏仁茶，她喜欢那瓷杯子上烤黄的酥皮点心，也喜欢乳白色杏仁茶汤的香甜，还有那几颗黄色银杏的特殊点缀。其实她今天并没有胃口，甜甜的杏仁茶到了嘴里，她却品出了苦涩的味道。

在开车回家的路上，高速公路两旁的山谷与住宅区一起形成了花园与房屋连绵的景象。陡峭的山坡被台地和园林分割成一块儿一块儿的，高大的棕榈树零星散落在别致高雅的建筑群里。下了高速公路，汽车在坡地上行驶，眼前蓝色的薄雾向前延伸。朦胧的远处显现出模糊的山形，看上去好像在睡梦中出现的飘浮在空中的蓝色浮雕。当圣·玛格瑞特城市界碑越来越清晰时，竟竟能看见前方哥特式教堂的轮廓，那高大的十字架直刺天空。当车子驶过教堂的右侧，此时，一种无法抗拒的思绪漫上竟竟的心头：人的命究竟谁注定？人们都期待着幸福的乐园，可是生活的前方，有可能就是意想不到的失乐园。

四

汽车开到家门口，竟竟看见老史站在车库旁在等她。她停好了车走进家门。

"你真让我担心啊，出门吃饭都忘了带钱包，丢三落四的。"老史把落在茶几上的钱包递给了竟竟。她尴尬地笑了一下，收起钱包对老史说："本来我是要请丹华吃饭的，结果这次饮茶还是人家丹华掏的钱。"

"没把你自己丢了就是万幸！我真怕你这心烦意乱的出了车祸！"

老史的担心不是没有道理的。二十年前，竟竟在国内的姐姐得了乳腺癌，她妈妈因为悲伤，患了面神经疱疹，疼得死去活来。竟竟焦急万分之时，又接到师母打来的越洋电话，她的导师因肺癌去世了！几方面的坏消息让竟竟寝食难安，结果出了车祸。竟竟断了三根肋骨，肋骨刺破胸膜造成血气胸，她被送进了ICU抢救。竟竟的汽车撞得报废了，幸亏车上只有她一个人，女儿、丈夫不在车上，否则后果不堪设想。

"你说得对，老史，这几天我不能开车了，你要提醒我，给我把关。"竟竟说完便上楼去卧室休息了。

躺在床上，她还是不能安宁，和丹华的见面，并没有解决她心中对罗小燕女儿的担心。看到丹华因为儿子去世而变得沧桑的容颜，反而陡增了她心中的悲哀。她想，也只有丹华经历过失去儿子的切肤之痛，才会有如今的坦然淡定、遇事不惊。可她吕竟竟的心并没有凉，她对孩子的心疼就如她对老史常说的那样："我不会为父母而死，也不会为丈夫去死；但是如果女儿需要，可以挖我的眼睛，摘我的肾，用我的命去换女儿的命！"每当听到这样的话，老史就会说："呸呸，这话不吉利，咱女儿现在好好的，幸福指数很高呢！"其实在竟竟的人生经历里，凡是想到的危险与不幸都不会发生，而所有的意外，都是万万没有想到的，更别说那信誓旦旦的话语，似乎说出了口，老天爷就不会给你这样的机会去兑现。

她想睡一会儿中午觉，可在床上翻来覆去无法入眠，因为她心中的那团云雾还在折磨她。拿起手机，她想起了赵智仁。她想多年前罗小燕一家从芝加哥来洛杉矶，就在赵智仁家住了一个月，边找房子边找工作，那时大家都没买房子，还在为生活奔波，两家人挤在一起住，那是什么样的感情！也许赵智仁对小燕女儿的病情是知道的。

于是她给赵智仁发了一段微信："赵医生，你好！昨天问罗小燕是否我们春节前后可以聚会？她的回答如下图。作为朋友，谁有了大的难处，我们都应该安慰或者想办法。给你写微信，就是排解我的担心。因为你们关系很好，也许能帮助安慰她？"

竟竟又把她和罗小燕的微信记录照相截屏，也就是从小燕说女儿得了"重病"到竟竟的探询，以及小燕回复的那个"感谢朋友"的表情包的照片都发了过去。

十分钟后，赵智仁就回信了："我一点儿消息都没有，谢谢你告知。尽力安慰吧。"

看到这简短的一句回话，竟竟下意识地回了一句："收到，谢谢。"

尽管竟竟心中的苦闷和疑问并没有通过与赵智仁的沟通而得到缓解，但是，至少他知道赵智仁和李丹华还不如自己了解的多，那么竟竟也该死心了。

竟竟回想起出国前她和赵智仁在同一科室工作，她在当硕士研究生的第二年下临床实习，赵智仁就是带她的临床医生。那时他们是师生关系，之后又成了好朋友。后来在洛杉矶两人相见，他乡遇故知。竟竟才知道赵医生出国之路相当艰难。最初，他是从北京去非洲索马里，不料在那里患了疟疾，反复打摆子，瘦得皮包骨头，差点儿要了命，幸亏一个朋友为他搞到了氯喹，他才转危为安，最终来到了美国。在洛杉矶为生活奔波的岁月，竟竟觉得赵智仁就像她的哥哥，此刻她突然觉得，要想得到一个确切的答案还得靠赵智仁这个老大哥去问。

晚饭后，竟竟和老史又坐在沙发上。老史拿起那本杂志，正准备继续阅读，他见竟竟心神不定地摆弄着手机，便说："去油管上看看电视剧《繁花》吧，这些日子它可在国内火了。"竟竟却说："我这两天也试着看了一集，可是就没有追剧的愿望，反正现在没兴趣看。"

"好吧，你还是玩儿手机吧！"老史说完，起身走进了厨房。

竟竟低头点开了赵智仁的头像，她写下了一段话：

"自从昨天听到罗小燕女儿重病的消息，我心情很不好。现在年龄大了，经不起任何打击！"

老史在厨房的吧台上正在调制鸡尾酒，他把白朗姆酒、蓝色橙皮酒、无色樱桃酒、椰奶、菠萝汁按比例地加入果汁机，放上少许碎冰后高速搅打了十秒钟。这哗啦啦的声音，让坐在客厅的竟竟抬起了头。恰好就在老史打开果汁机开关按钮的那一刻，竟竟也按动了手机的"发送"键，把给赵智仁的那条微信发出去了。

端着两个蓝光闪闪的高脚杯，老史走到竟竟面前说："你看，'蓝色夏威夷！'记得之前我们去夏威夷旅游，那晚在游轮上看日落，你点的鸡尾酒就是蓝色夏威夷！尝尝看，我调的酒怎么样？"

竟竟接过老史递给她的酒杯，孔雀蓝的液体在她眼前晃动，她抿了一口，连声说好喝。这幽幽的蓝色有一种美感，美得深沉，美得让竟竟感到了一种凄苦悲凉。老史见她眼神迷离，便问："想什么呢？"

"我在想，才仅仅三四年的时间，这个世界发生了多大的变化啊！"竟竟若有所思地说。

老史不知如何安慰竟竟，他默默走进书房，拿起摆在书架上的一张他和竟竟的合影，这是2019年他俩在夏威夷檀香山游轮上的一张放大了的照片。游轮公司给每个上船看日落的游客拍下了精彩一瞬间，而且还配上了太平洋晚霞图景的镜框。

他走到竟竟身边说："你看，那时我们看上去还挺年轻呢！"他俩端详着仅仅四年前的照片，一种无法抗拒的怀念涌上心头，往日时光怎能忘？他们心中有不尽的感慨。

走到落地窗前，竟竟看见家边的路灯散发着暗淡朦胧的黄光，似乎是落日的最后一道余晖挣扎。

晚上睡觉前，她没有收到赵智仁的回信，但是她有一种预感：老大哥赵医生不会看到她都焦急得要病了而坐视不管。

那一夜竟竟做了一个梦，梦见她和一群同学在丁香园里欢声笑语，满目的丁香如云朵似彩霞，突然一阵风来，那淡紫色的丁香花瓣儿，落英纷飞，旋转着，飞扬着，像一只只美丽的蝴蝶在空中飞来飞去……她想去用手捕捉，两手在空中悬着，什么也没有捉住。

五

第二天早晨，竟竟睁开眼睛，故意不去拿手机，直到吃完早饭，她坐进了书房，才打开手机。果然没有让她失望，她看见赵智仁的头像旁有一个小红点，打开一看，他写下了简短的几句话：

"我给罗小燕打了电话，非常不幸，她的女儿肺癌骨转移。我让他们两口子挺住。她现在很难受，暂时不要打扰。"

虽然竟竟这两天已经把最坏的结果都想到了，但是当看完这段回话，还是十分震惊。肺癌骨转移，意味着失去了很多新方法治疗的机会，也意味着基本给罗小燕的女儿判了死刑，这是多么残酷的事实啊！她的心隐隐作痛，为罗小燕，也为罗小燕的女儿。

电话铃响了，李丹华来电话，说她也收到了赵智仁的微信。震惊之余她在和赵智仁的微信交流中得知，罗小燕同意赵医生把她女儿得肺癌骨转移的消息告诉丹华和竟竟。

"我们什么忙也帮不上，除非罗小燕自己开口。"丹华在电话里说。

"对，在这样的时刻，我们只能在心里为小燕的女儿祈祷。"竟竟说。

竟竟和李丹华通完电话，她把罗小燕女儿肺癌骨转移的情况告诉了老史，老史叹了一口气说："黄泉路上无老少，谁摊上白发人送黑发人，都是极大的不幸啊。"

"老史，你说人的年纪大了，经历的事情也多了，可是为什么我觉得自己的神经并不是越来越坚强，而是越来越脆弱？越来越经不起事儿了？"竟竟说着眼睛红了。老史搂着竟竟的肩膀说："我也随着年龄的增长，感情变得越来越脆弱，这也许是变老的过程？"他说着，眼睛也变得迷蒙。

短短的三天，"老朋友"微信群发生了天翻地覆的变化，在龙年春节即将到来之时，每个人都经历了一场心灵地震，而这个余震还不知要持续多久……

"无论如何，不管聚不聚会，也不管发生了什么不幸，老朋友们还是要坚强地跨进龙年的。"竟竟自言自语道。

傍晚，竟竟和老史漫步在家边的湖畔。西天边绚丽的晚霞，似鲜血涂抹的油画；金属色的湖面，波纹闪动着光芒。右边，蓝色群山延绵起伏的山顶形成一道金色的曲线；左边，白墙红瓦的民宅窗户闪着亮光，在湖中投下倒影。夕阳把竟竟和老史的脸庞映得红扑扑的。

"老史，你看那天边的火烧云，多像一条金龙在红霞中腾飞云霄，不是真龙胜似真龙！我们为罗小燕的女儿祈福！"

他们的眼睛随着火烧云的变幻而移动，最终那条金龙消失了。他俩面面相觑，似有千言万语涌上心头。

竟竟说："我们无法改变一天天老去，我们却可以同时拥有年老的人生感受！"

老史对竟竟点了点头，他说："走，咱们回家去，虽然夕阳已经褪色，但是今晚我要调出名字叫夕阳红的鸡尾酒！如果说年轻的时候我们活得匆匆，那么年纪大了，我们要活得从容！再也不要错过对年老的感受，不论是痛苦还是欢乐，都是对生命的感悟。"

很快，太阳缓缓落到地平线以下，殷红的晚霞在天际隐遁而去。天空变成了青苍色。竟竟和老史从容地走在暮色苍茫中。

两只鸟儿从他们的眼前掠过，渐渐地消失在远方幽暗的夜色里。

（《夕阳下》发表在《世界日报》副刊《小说世界》2024年3月21日至29日连载）

纸灰

春天像一个美丽的使者,她从南向北,穿过满天阴霾,迎着冷风苦雨,艰难跋涉到了河北省平山县的大地上。三月,解冻的冰河哗啦啦地流淌着,一块块透明的浮冰,在河面上旋转、沉浮。河岸的树木开始抽芽抹绿,消冻的田野,在阳光的照耀下,麦苗泛着绿莹莹的光芒,远处山顶上的霜雪已变得滋润、柔美。

四月的暖风带着浓郁的麦香吹进了山谷,吹到了村庄,吹遍乡间的山坡上、低谷里。漫山遍野的野花苏醒了,它们争先恐后地纵情开放,红色的、白色的、蓝色的、紫色的……五彩缤纷,争奇斗艳。

陈雨霏医生和两名护士组成的巡回医疗小组还在她们的分管区里给农民看病。

红星大队的农民们居住得十分集中,大多数是土坯房和老旧的砖瓦房,每家自带一个小院。还没进村,远远可见村庄的上空升起袅袅炊烟,好像一个个村姑、村妇们穿着乳白色的衣裙在翩翩起舞,在阳光照耀下更加摇曳生姿。进了村,狗叫声,鸡鸣声,人的吆喝声,孩子们琅琅的读书声,使整个村庄鲜活起来,生机勃勃,充满了生命活力。

一天,她们走到了一个农民家里,给一位七十几岁的老奶奶量血压、听心肺。岁月像一把无情的刀,在老人的脸上刻下了纵横交错的皱纹,她浑浊的眼睛依然放射着智慧的光芒,虽然背有些驼了,但还算健康硬朗。

雨霏正和老奶奶说着话,赤脚医生牛墩急匆匆跑进屋。雨霏见他上气不接下气,便问:"出了什么事儿?你慢慢说。"

"陈医生,知青点里有个男青年病了,发高烧。"

"那我们赶紧看看去。"于是雨霏和老奶奶告别。

她们跟着牛墩出了门,快步来到知青的住处。十几个男知青分住在北面两个土坯房里,南面是女知青宿舍,旁边有一个厨房——这就是红星大队知青集体户。

进了屋,雨霏看见一个青年男子闭着眼睛,虚弱地躺在床上。其他人都出工去了。走近病人,雨霏弯下腰轻轻地说:"我是医疗队的陈医生,你怎么不舒服?"

青年人微微睁开眼睛,一看是医疗队的女兵,他立刻从床上坐起来,用被子裹着身子,斜靠在墙壁上。他抬头环视了一下三个女兵,低声带着沙哑说:"昨晚我干活回来晚了,吃了些剩饭,夜里胃难受,吐了两次,现在头疼、浑身酸痛没劲儿。"他说话有气无力,看上去面色憔悴,嘴唇干裂。

小杨给他测了体温,39.5摄氏度。雨霏让他躺下,给他检查了一遍，当她听完了病人的肺部，呼吸音正常，腹部触诊，排除了急性阑尾炎，她松了一口气，温和地对病人说："你得了胃肠型感冒。口服三天黄连素，外加服用感冒冲剂，多喝水，几天就会好起来的。"男知青点了点头。

牛墩端来一杯温水，雨霏手里拿着一片阿司匹林和五片黄连素，她把药送到病人手里，然后让他就着水服下了药，再让他躺下。

雨霏嘱咐牛墩去合作医疗点拿三天用的感冒冲剂，又叫小杨、小李到厨房去做一碗青菜汤，告诉她俩别忘了放盐，要给病人补充些液体和电解质。

此刻，房间里只留下雨霏和这位男知青。雨霏坐在男知青床边的一个凳子上，她要观察他的体温是否下降，待病人平稳之后才会离开。

"陈医生，你忙去吧，我吃了药就会好的。"男知青有些于心不忍地说。

"今天的巡诊任务完成了，给你治病是我们应该做的。你躺着休息一会儿，我要她们去做菜汤，你喝一碗热汤，胃会舒服一些，我再待一会儿。"

说完雨霏站了起来，她在房间里转了一圈，看见他的床头有一个书架，她浏览着书架上的书籍，有高等数学、英语教科书，还有些文艺书，架子顶上还放着一支单簧管。

"你叫什么名字？"雨霏边翻着书架上的书边问。

知青撑着身子又坐了起来说："在知青点里，大家都叫我

'纸灰'，就是纸烧成了灰的纸灰。"

"'纸灰'？这名字一定是给你起的外号吧？是什么意思？"雨霏挺好奇。

"说起来话就长了，简单点儿说吧，你也看到了我书架上的黑管，就是单簧管，这是'文革'前我在清华附中上高中期间校乐队演奏时使用的。清华附中管乐队承袭了清华文工团的传统，创作、排练和演出都较正规。我们集体户里有北京、天津和石家庄的知青，有两三个女生会拉小提琴，我和几个男女生会吹管乐器，再加上邻近几个村里也有会乐器的知青，大家就成立了一个小乐队，由于缺乏训练，乐队基本是'大齐奏'，即各种乐器演奏相同的乐谱。我不满足于这种低级水平，即使我们是一个小乐队，我也尽可能为各种声部配器、配合声，比如演奏《春江花月夜》。我们经常在一起探讨音乐，大家一致推选我当指挥，带领乐队排练。我就教一个新人吹黑管，让他用我的黑管演奏，自己担任指挥。过年过节我们还给老乡演出呢！有的老乡迎亲我们也去助兴，自娱自乐，苦中作乐吧！"

"把音乐带到了农村，多好啊！真不简单！不过这和你的名字有什么关系？"

男青年苦笑了一下："'纸灰'有两个意思：一是我是乐队的指挥，他们用了这两个字的谐音；二是指我的性格，知青们都说我的性格里有一种灰色的成分，我也说不好这灰色成分是什么，也许是我不会高谈阔论，也不爱说笑吧，有的人高喊要兼善天下，我却只愿独善其身。知青们玩闹时，我就找个安静的地方看书。所以,他们就给我起了个名字——'纸灰'。"

雨霏转过身来,笑了,她觉得在河北大山沟里战天斗地的知青们边劳动、边读书,不忘娱乐,甚至搞起了小型西洋乐队,太有才华和创意了!

她好奇地看了一眼"纸灰",他却低垂着头。然后雨霏又走到书架前拿起了《约翰·克利斯朵夫》问:"你喜欢这本书?"

"特别喜欢,我都不知道读过多少遍了!当看到克利斯朵夫的朋友奥利维死去的时候,我忍不住哭了,哭得很伤心,不止一次……"

这样的回答,让雨霏的心里禁不住颤抖了一下。她望着窗外,虽然春天的阳光已经洒满大地,可是这一刻,她的眼前仿佛灰色的纸片漫天飞舞,然后化为灰烬……她的眼圈有些红了,因为《约翰·克利斯朵夫》也感动过她的心灵。她看着"纸灰"憔悴的脸,心中有一种说不清道不明的痛。然后,雨霏轻轻地问:"你的真实姓名叫什么?可以告诉我吗?"

"我叫冯亦然。"他还是低着头轻声地回答。

此时,小李、小杨把一碗青菜汤端了进来。

"穿上衣服喝碗汤吧!"雨霏对冯亦然说。

此刻他虽然很虚弱,出于对女兵的感激和尊敬,他一下子仿佛有了力气,马上就穿好了衣服,站在医疗队队员面前。雨霏这才注意到他个子高高的,瘦瘦的,浓密的头发有些乱,像是好久没理发了,头发遮住了他的前额,连眉毛都看不清楚。

雨霏把菜汤和勺子递给他,他双手接过汤碗,感激地看了雨霏一眼，然后，很快把热汤喝完了。不一会儿，他的脸有了血色，汗珠顺着额头流淌下来。之后，小杨又给他测了一次体温，体温正常了！

看到冯亦然已经好转，雨霏又嘱咐他多喝水，按时吃药。

冯亦然默默点了点头，然后他把陈医生和两位护士送到了门口，他看着陈医生离去的背影，两条长长的辫子在她腰间摆动着，觉得特别感动，不知道说什么好。眼见陈医生她们就要拐进另一条路上，他鼓足勇气，大声地喊了一声："陈医生！谢谢你们！"

雨霏听见喊声，回过头来，看见远处冯亦然在向她招手，她也挥动着手臂向他告别。

冯亦然独自站在门口，朝着陈医生消失的地方久久凝望着，眼前闪现出陈医生苗条的身材和草绿色的军装。这个可敬可爱的女军医幸福吗？快乐吗？他思索着，回忆着，真想记住她的一切。他认为她一定是美丽的，可惜自己竟没敢仔细看看她那张带着稚气、柔和可亲的脸庞，心中带着不舍与遗憾。一阵清风拂过他的身体，此刻，他比任何时候都感到孤单。春天虽然来了，万物复苏，草木发芽，可是他的生命，他的前途依然使他茫然，面朝黄土背朝天的生活看不到尽头。

那天在工地吃了午饭后，雨霏她们三个姑娘爬到野花遍地的山巅上，俯瞰四周，五颜六色的山坡，鸟儿叽叽喳喳地鸣叫……踏着脚下绿茵茵的青草，嗅着花儿淡淡的芳香。春天让大地恢复了生机和灵气，四周的山岗上一片翠绿的寂静，远处，起伏的坡地后面,农民们忙着修水渠,不时地响起劳动的号子声。三个姑娘时而在鲜花中和大树下追逐嬉戏,时而静静地眺望远方,欣赏大自然的美景。这种美妙至极的感觉是在高楼深院里体会不到的。

她们借了一台照相机,互相拍下了许多身处美景的照片。

玩累了,三个姑娘躺在绿草如毯的地上。头顶是宝石蓝的晴空,她们尽情仰望着空中的流云,天空有一群大雁飞翔。雨霏舒坦地躺在草地上,她闪亮的眼睛,睫毛微微颤动着。此刻,她极力回忆着知青冯亦然的模样,可是她只记得他高高的个子和那浓密的头发,无论如何也勾勒不出他的面目,但是她还清晰地记得那支放在他书架上的单簧管,耳畔仿佛响起莫扎特的《A大调单簧管协奏曲》第二乐章,那动人的乐曲犹如蓝天上移动的白云在对她柔美地倾诉,淡淡的回味,浸润其间。她看着远去的大雁,它们在天际快要消失了,大雁在雨霏的眼前幻化出空中飞舞的纸灰……"纸灰!",她发出了一声轻轻地叹息。

一晃五一劳动节来临,五月中旬医疗队就完成了他们半年的任务回到北京。五一前夕,解放军战旗医院宣传队来到河北省平山县给农村的乡亲们进行慰问演出,他们一个公社演一天。当到达柏岭公社那天,真是热闹非凡。当时的农村,娱乐条件很有限,能看场戏对于农村人来说都是一种奢望。"一个村庄唱戏,十里八村过节",这句话对农民来说一点也不过分。

夕阳从天边渐渐沉下去,一团晚霞在西边的天际燃烧。医疗队队员们也来到公社的一个大场子上。陈雨霏她们站在边上,看见在高高戏台下已经围了很多人,男女老少都有。大姑娘小媳妇有搬板凳的,有木板下垫砖的,男人有拉架子车的,还有的人图省事,在地上放张旧报纸,屁股一坐,点着旱烟火,使劲吸上一口,就美滋滋地等候着大戏的开演。

战旗医院宣传队演了《红灯记》《智取威虎山》《沙家浜》三个样板戏的片段。随着锣鼓点的敲响,音乐奏起,演员们声情并茂地演出,台下的农民们一个个都伸长了脖子,瞪大了眼睛,竖起耳朵,生怕错过一招一式、一段唱腔。连农家老汉手中的旱烟袋啥时间熄了火都不知道。小孩子也停止了奔跑嬉闹,好奇地看着戏台上的表演,直到最后锣鼓骤停,观众顿时爆发出阵阵掌声和叫好声。

这场演出,中间穿插了柏岭公社知青的节目,有着军民联欢的气氛。女知青们跳了舞蹈《洗衣歌》。雨霏看见给舞蹈伴奏的就是冯亦然的小型西洋乐队。远远望过去,冯亦然站在乐队前,身体挺拔,双手有节奏地挥动着,音乐伴着舞蹈和歌声,浑然一体,赏心悦目。在一片震耳的掌声中,舞蹈谢幕。可是雨霏完全没有看跳舞,只有《洗衣歌》活泼动人的音乐还在她的耳畔缭绕,余音袅袅,她仿佛又回想起了什么,轻声地唤了一声"纸灰……"

"陈医生!"听见叫声,陈雨霏转过身来,看见冯亦然面带微笑地站在她的身边。

"纸灰,乐队演奏得很好,你指挥得真棒!"雨霏有些惊喜地看着他说。借着灯光,今天她才看清楚了他的面貌,看到他理了头发，容光焕发，穿着一身灰色的卡其布制服。

"陈医生，我知道你们今晚一定会来，其实我一直在找你们。"冯亦然温和地说。

"找我们？"

"是的，陈医生，我有话想对你说：一是我非常感谢你给我治病，你看，我现在很健康；二是我没想到自己被来招工的工厂录用了，下个月我和几个同伴就要去西北煤矿机械厂当工人了！"他的语气虽然是平静的，却带着几分激动。

"在我回北京之前，听到这个好消息，真为你高兴，祝贺你！祝贺你将在大西北开始新的生活！我相信在工厂里，会有更多的机会发挥你的音乐才华。"雨霏兴奋地说。

冯亦然腼腆地点了点头。

明镜般的月亮悬挂在天空，把银色的光辉映照在两个年轻人的脸上，那时，他们都不去刻意追求什么，只是希望所有美好的事情，一如这暮春之夜，在他们的记忆里长长远远。

（《纸灰》发表于香港《文综》2023年冬季号）

天使的黎明

一

这段时间，注册护士江燕经常听到有人在议论"主任帕梅拉要去一个护理学院当副院长了"，她还听到主管护士玛雅当众煞有介事地说："我也在找工作，明天就去面试。"

江燕好像预感到什么，这种潜意识的感觉自己也说不清楚，她只埋头工作。自从两周前，关于使用药物手册的事，江燕受到了玛雅的羞辱，她们发生了口角，江燕的自卫反击把玛雅给镇住了。此后玛雅表面上不再对江燕无礼，但是人心难测，江燕总感到这件事没完。

礼拜二的下午，江燕经过科室小会议室时，她被主任帕梅拉叫住了。江燕见主任和临床教员坐在里面，便走了进去。

"江燕，礼拜四下午到我的办公室来，我有事同你谈。"帕梅拉平静地说，带着一种无奈的神情。

江燕心里一愣，看了一眼教员，她露出了同情的目光，也显示出了一种无奈。

"礼拜四我没有班为什么让我来呢？"心想：难道主管护士对我的报复这么快就来了？江燕思忖这事不妙，她吃不准，但还是想知道为什么。

"礼拜四是我在这里的最后的一天，我想你已经听说了，我要去一个护理学院工作。"帕梅拉主任说。

"能不能今天就谈，我能去你的办公室谈谈吗？"江燕大胆地问。

帕梅拉看了一下手表，说："好吧，下午五点我在办公室等你。"

江燕躲进洗手间，关上了门，想一个人安静一会儿。作为一个刚工作两个月的新护士，她知道自己要被解雇了。帕梅拉所讲的礼拜四来，就意味着那天给她最后一张结算的支票，然后她将离开洛杉矶爱心医院。她明白，已决定的事是很难改变的。

她一遍又一遍地问自己："难道就这样不明不白地被解雇了吗？我没做错任何事情啊！"

其实此刻说这种话是没用的，别人可以耸耸肩膀就把你弄得哑口无言。她在这个不大的空间里来回踱着步子，心里紧张得几乎要窒息了。可是，又能怎么办呢？洛杉矶护理界百分之六十的注册护士来自菲律宾，犹如香港的菲佣占了很大比例一样。在医疗系统大多数白人当领导，其次就是像玛雅这样的菲律宾人说了算，华人护士刚刚踏入这个行业，真不知道这水有多深。

仅仅一个半小时的时间,江燕却感到如此漫长。当她走进帕梅拉的办公室时,帕梅拉将门关上后,让江燕坐在了她的对面。

"我想留住你,但是现在我说了也不算,我要在新的主任上任前处理完所有的事。"她平和地对江燕说。

"新的主任是玛雅?她要我离开?"

"是的,我要尊重她的意见。"

江燕点了点头,有好一阵说不出话来,她心里充满了委屈,极力忍住悲伤,对帕梅拉说:"主任,你帮我转到其他科室去吧,我会成为一个好护士。"说完便眼圈红了。

帕梅拉被眼前这位年轻的华裔护士感动了,一只手拍着江燕的肩膀说:"让我想想。"

过了片刻,她说:"我可以问问亨利,他是中转病房和康复病房的主任,非常好的一个人,也许他那里有空缺。"

帕梅拉拿起了电话,"但愿他现在还在办公室",她自言自语道。

亨利的电话果然接通了,江燕看到主任满脸笑容地对着话筒说:"哎,亨利,我这里有一个优秀的护士,在我这里培训了两个月,我想把她介绍给你,我相信,江燕一定会成为你科室的财富!"

"让江燕下个礼拜一就来吧,向中转病房的白班主管护士报到。"亨利爽快地答应了。

帕梅拉放下电话，露出了轻松的神情，她对江燕说："江燕，下个礼拜一，你就去中转病房，亨利主任答应了！"

于是她和满脸愁容的江燕紧紧地拥抱了一下，说了声："祝你好运！"

江燕开车回家，白日将尽，玫瑰红的云霞飘浮在黄昏灰蒙蒙的天上，这景象仿佛是她做过的梦，美丽而又悲哀。高速公路上来往的车辆形成了红黄两条巨龙在她的眼前舞动，搅得她心里乱糟糟的。

其实她来美国已有 10 年，曾经在一家有名的生物制药公司工作，一直顺风顺水，只是工资涨得慢，每年增长 3%～5%。在中国，她是护理学本科毕业，又有临床实践经验。大家都说美国的护士工资高，福利好，有了注册护士执照，不愁找不到工作。她自己也做了调查，如果当注册护士，收入至少增加一倍，回到自己的老本行，有什么不好？所以她义无反顾地考了执照，第一次面试就被爱心医院录取。可是在异国他乡当护士，不但隔着一层语言差别，而且还有文化习俗上的差别，能当优秀的科研人员、技术人员，不一定能在护理界游刃有余。

江燕在想，如果今天下午不路过小会议室，可能帕梅拉就没有机会叫住她，那么也就没有她们今天的谈话，礼拜四给她打个电话就被解雇了，当然，也就没有去中转病房的机会，多悬啊！

那天吃完晚饭，江燕将下午发生的一切都告诉了丈夫周晗。本来就为妻子捏着一把汗的他，气得"砰"的一声将拳头狠狠地砸在桌子上。他来美国的时间比江燕长，在工作岗位上一直很顺利，同事间至少是互相尊重的。江燕在制药公司的职场上，也受到同事和上级的尊重。令周晗难以置信的是，医院这个治病救人的地方，它的职场竟是如此"污浊的一摊浑水"！对待刚拿到执照的新护士，那么冷酷无情，特别是不同移民族裔间的排挤是始料未及的。

回到家，江燕拖着疲惫的身体不停地上厕所，她尿的颜色不断地变化着，最终尿出了血，小肚子阵阵抽痛——她得了急性膀胱炎。周晗带江燕去急诊室，医生给她开了抗生素和止疼剂，用药两个多小时后，江燕的症状才缓解。从急诊室回来，已是下半夜了。江燕躺在床上睡着后，周晗默默地看着妻子，往日粉红的脸，如今已褪了血色，变得苍白憔悴，他感到痛心不已。

二

江燕有两个好朋友，一个江燕叫她徐姐，另一个是小李。徐姐三十八岁，美丽端庄，有中国的护理学硕士学位，是护校的老师。江燕和徐姐都是第一次上考场就拿到了美国注册护士执照。徐姐比江燕早一个月通过注册护士执照考试，她也在一个大医院里工作，都是一周工作三天，上白班，每天12小时。江燕有时去找徐姐说说话。

那天，她一进徐姐的家，看到徐姐瘦了，脸色也不好，便问发生了什么事情,徐姐说她被医院解雇了,已经在家里待了两周。看着徐姐神情抑郁、一脸茫然的样子,她真为徐姐感到难过。

为了让难过的气氛缓和一些,江燕拉着徐姐来到一家名叫嘉顿的咖啡馆,这里环境优雅,是聊天的好地方。她们每人要了一份蛋糕和一杯饮料。江燕用小勺吃了一口香草蛋糕,手却不停地搅动着珍珠奶茶里的冰块儿,她的目光注视着徐姐,徐姐正低着头,小口地抿着她的鸳鸯咖啡。

"一定是有人给你设了什么陷阱吧?"江燕问。

"你怎么知道?"徐姐抬起了头,有点儿惊讶地看着江燕。

"我在爱心医院的八楼天天都有防不胜防的感觉,前几天差点儿就被解雇了,多亏帕梅拉主任帮助了我,下个礼拜一我就会换到另一个科室去工作。"

于是,江燕把自己遇到的事情诉说给了徐姐。

听了江燕的故事,徐姐紧皱着的双眉舒展开了,似乎明白了初进美国护理界,不亲身体验职场的残酷、不经受磨难是无法立住脚跟的。于是,她把自己的遭遇告诉了江燕。

徐姐工作的病房不像爱心医院的心电监视病房是清一色的菲律宾护士,其他国家的人,例如印度、越南、中国和日本护士加在一起与菲律宾人各占一半。但是,护士主任的助理是菲律宾人。她明明给徐姐排了礼拜天来上班,每个人的班次都是打印出来的。不料医务部后来发现那天徐姐的病房多了一名护士上班,当然这对医院的财务不利,礼拜一医务部便将排班的主任助理叫去询问，她说自己没有让徐姐来上班，不信医务部可以叫她来问问。徐姐那天被叫到医务部，没有思想准备，也没想得那么复杂，就直接把排班表出示给了医务部人员。一贯为人正直的徐姐不会撒谎，这样却让主任助理的脸涨得通红，恼羞成怒。

　　从此，她对徐姐百般刁难。两周前的一天，那位主任助理请了病假没来上班，离下班还有两小时，护士主任把徐姐叫到办公室，宣布她被解雇，并让她在一个列有她五项技术不合格的文件上签字。徐姐拒绝签字，她主动提出辞职，然后徐姐写了一个由于个人原因自愿辞职的辞职书。这意味着即使失业也拿不到政府的失业救济金。虽然徐姐的辞职导致她陷入经济困难，但她绝不能忍受对她的羞辱。那位护士主任拿着她的辞职书时露出了笑容，其实她根本不了解这是她的助理在报复徐姐，末了，还对徐姐说："我建议你还是回到美国的护理学院再学习吧。"

　　徐姐的遭遇，使江燕非常气愤，这明摆着是欺负人。在美国大多数她这个年龄的注册护士只有大专文凭，有硕士学位的少之又少，而且最终有学位的人是要走向领导岗位的，这就是为什么在美国当外裔新护士难，当有学位的新护士更难。

　　江燕一口接一口地喝着奶茶，好像这冰凉爽口的茶能压住她憋在心中的火气。她环顾四周，这里的一切，都太熟悉了。从前，每当有朋友考过了执照，她们都会来这里尽情地畅饮，往日的欢声笑语仿佛又回荡在她们的耳边。在华人南加州护理学院考试训练班里，每个人都憧憬着未来，渴望着学有所用的一天。可是，当那些日子里美好的希望又重新涌上心头时，反而使她们更加难受，现实的残酷真是始料未及的。

江燕问徐姐下一步有什么打算，徐姐说她想去肾病透析中心工作，据说那里没有大医院节奏那么快，人际关系也不像医院里那样复杂。江燕希望她能如愿以偿。

三

江燕的另一个朋友小李，她与江燕同岁，有护理大专文凭。她也是江燕在护士执照考试培训班里认识的。小李在家复习了三年，考了三次都没有拿到执照，只好交了两千多美元的学费来南加州护理学院，参加三个月的培训班。在训练班里江燕给予小李很大的帮助，第四次考试她终于通过了。由于小李的英语不好，就在华人密集的阿罕布拉市华人开的医院里工作，即使是华人开的医院，菲律宾护士的人数也远远超过中国护士的人数。大多数医生和病人都是华人，她同病人说话没有太大的障碍，但是，华人医生也只讲英语，小李说英语、听英语还是感到吃力。

也许是语言的屏障，她还没有摆脱每天慌慌张张的感觉。下班回到家，脱下工作服时，她时常在工作服的兜里，发现又忘记了给病人的止疼药，连她自己也想不起来是哪个病人的药了。每次上班她都被老护士支使得团团转，比如有躁动不安的病人，就专门让她守着，小李也不敢不去帮别人，而自己的病人却忙得让她时常晚下班。

　　工作了不到三个月,小李几次打电话向江燕告急。小李在电话里告诉江燕,有的同事打她的小报告,背后说她坏话。经常找小李麻烦的有两个人,她们早小李两年在美国当护士,就好似"多年的媳妇熬成了婆",感到自己当年是如此艰辛地蹚出了一条生路,现在可不能便宜了小李,让她知道想多挣点钱没那么容易!

　　一次,小李的病人需要输液,医生开了葡萄糖盐水静脉滴注,小李也做好了准备,并在治疗单上签了字。不巧一个老护士又喊她去帮忙,等一切都忙完了,她把自己的病人输液的事忘得一干二净。夜班护士在查对医嘱时发现小李只在治疗单上签了名,但是却没有执行,导致病人的输液延误了几个小时。第二天,小李被叫到了主任的办公室里,主任严厉的眼神让小李的心怦怦地跳,主任说:"幸亏是延误了病人补液,如果是耽误了给药,就会立即被解雇。"主任给了小李一份书面警告书。小李的手在颤抖,心中特别懊悔。

　　告别了徐姐,江燕的心里还纠结着。下午,小李在工休时间又打来电话,这次听上去确有不祥之兆。小李告诉江燕,今天下午,那位老是同她过不去的护士神秘地问她:"护士主任找你谈过话了吗?"

　　"谈什么?"小李顿然警觉地问。

　　"嗯……到时候你就知道了。"她怕说漏了嘴,赶紧躲开了。

"江燕，你看我怎么办啊？"小李焦急地问。

"明天你自己去找主任谈，不能等她来找你。"江燕建议。

"我想明天谈的时候送给她一份礼物，你看好吗？因为我语言表达不好，只有用礼物表示我想当一个好护士。"

"事到如今也没什么不好，死马当活马医吧。"江燕认为不妨试试。

不料，当晚江燕接到了小李丈夫的电话，他说小李在开车回家的路上出了车祸，救护车已将她送到洛杉矶市政府医院。

"小李伤得重吗？"江燕焦急地问。

"伤得不轻，她当时失去了知觉，整个汽车都报废了！"对方的声音在颤抖。

"目前她在哪？"江燕握着电话的手在发抖。

"急诊室的医生正在为她检查，现在已推进CT室了。"

"我马上就去急诊室！"江燕慌忙放下了电话。

周晗陪着江燕赶到了急诊室，见小李的丈夫面色悽惶，他守在CT室的门口等小李出来。江燕和周晗也站在那里，他们急切地想见到小李。

十几分钟后，小李被推出来了。三个人同时迎了上去，江燕上前握着小李冰冷的手，她看见小李往日带着青春光辉的眼睛此刻黯然失色，小李看见江燕，苍白的脸上露出了一丝欣慰的笑容。

小李被推进了一间有五个床位的大病房。她全身乏力地躺在病床上。江燕和小李的丈夫到医生那里问了病情，得知小李被撞断了左侧胸部的三根肋骨,断裂的肋骨刺破了胸膜,引起血气胸,她左侧的肺部已缩成了拳头那么大。

"没有脊柱的损伤和脑震荡已是不幸中的万幸了。"江燕安慰小李的丈夫说。

回到病房,江燕看见护士给小李用上了氧气并接上了胸腔引流管。

已是深夜,江燕让周晗先回去,她留下来和小李的丈夫一起陪小李。她心里很清楚,受伤后的二十四小时是关键,如果治疗及时,可以避免很多并发症。

护士助理给小李测了体温,她的体温已达 38 摄氏度,血压 80/50,江燕看见胸腔引流管流出的都是殷红的血液,小李越来越虚弱。

一位实习医生来到了小李的床头,用听诊器听了听她的肺部,然后对小李的丈夫和江燕说:"病人如果得了肺炎,死亡的概率是百分之四十!"医生说完,便转身走出了病房。

江燕紧跟在医生的后面,到了走廊,她叫住了这位三十几岁俄罗斯裔的实习医生。他转过头来,深蓝色眼睛看着江燕:"你还有事吗?"他问。

"病人体温都 38 摄氏度了,有得肺炎的可能,为什么现在不用抗生素?"她不解地问。

"我理解你的心情,在俄罗斯,这种情况是要用抗生素的,但是,在美国,一般不预防性地给抗生素。"医生说。

"病人如果得了肺炎再用抗生素,岂不是要有死亡的危险?

为什么要冒险？"江燕焦虑地说。她看到他深蓝色的眼睛里露出了无奈的神色。

"再等等看吧。"他耸了耸肩膀。

江燕继续守在小李的床旁，床靠着一面大窗户，夜风吹起，便有阵阵的寒气从窗缝而入，江燕感到有点冷，她给小李加盖了一条毯子。

望着虚弱不堪的小李，她的车祸、伤痛与种种遭遇，以及这段日子自己和徐姐的磨难都一下子涌上了心头。失望和痛苦好比万箭穿心，在这漆黑的寒夜里觉得格外悲哀无助，好像自己在一场疾风暴雨后迷失了方向，她站在茫茫的土地上，东张西望，不知该朝哪个方向走。

一小时后，小李的体温已经升到了39摄氏度，江燕瞅了一眼坐在身边的小李的丈夫，他满脸忧愁。一种责任感从江燕的心中油然而生，她再也不能等了，于是，她奔到了护理站，要求见医生。

过了一会儿，蓝眼睛的实习医生睡眼惺忪地披着白大褂，站在了江燕的面前。

"病人的体温在持续上升，说明已经有感染，需要立即用抗生素，不能再等了！"江燕急切地对医生说。

"明天早上拍个X光片子再说吧。"说完，他仰着头打了个哈欠。

此刻，燃烧在江燕心中的怒火犹如火山爆发似的冲到了她的喉咙，她突然掏出了注册护士执照，手里举着自己的执照卡片，面向医生："我是注册护士，我要告你们！你们必须给病人用药，否则我们法庭上见！"江燕的眼睛里放射出愤怒的光芒，她的声音不大，但是格外有力！

"十五分钟后，我们一定给你一个答复。"实习医生见势不妙，立即说。

十几分钟后，一位四十多岁的男医生来到了病房，那位实习医生跟在他的身后。这位医生笑容可掬地双手握着江燕的一只手，并自我介绍是这里的主治医生。

"我们会把病人立即转进重症监护病房，立刻用抗生素，我已给麻醉医生打了电话，马上给病人做硬膜外麻醉，使她减少疼痛，让她的肺部可以逐渐扩张开来，另外，我们会立即给病人输血！"主治医生一口气说出了对小李的急救措施。

几分钟后小李就被转入了重症监护室，江燕和小李的丈夫也跟了进去。等到急救方案都落实了，江燕才松了一口气。她看着抗生素和鲜血在一滴一滴地往小李的血管里流，于是，她贴着小李的耳朵轻轻地说："你会很快好起来的，安心住几天吧。"

听了江燕的话，一股热泪从小李的眼角淌了出来。

清晨，江燕从医院大楼里出来，她深深地吸了几口新鲜空气，做了几个伸腰展臂的动作，好像疲劳减轻了很多。她还不能马上回家，想到小李在出车祸前给她打的那个电话，她要为小李把该做的事做了。

江燕带着一个信封，驱车来到了小李工作的医院。她找到了小李的护士主任，主任很有礼貌地请江燕在她的办公室坐下。江燕将小李受伤的情况向她作了汇报，然后又说："小李很感谢您对她的支持和帮助，她专门让我把这个信封交给您。"

"请转告小李，不要着急，什么也不要想，好好养伤，我们期待她早日康复。她回来后，我还可以再给她三个月的培训时间。"主任最后对江燕说。

告别了主任，江燕在停车场给小李的丈夫打了电话，把主任的话转告给了他，让他叫小李安心养病，病好了还有继续工作的机会，她这才放心地回家。

两天后，江燕和徐姐来到了小李的病床边。小李看到她们，便让护士把她的床摇起来，她可以坐着说话。江燕看见小李的脸上有了血色，说话的声音也有些力气了。

"我有一种噩梦醒来的感觉。"小李说。

"你还在养伤，别想那么多。"徐姐安慰她。

"一想起医院里发生的事情，我怕！"小李的眼里含着泪水。

"说实话，我也怕，小李，咱们还得闯过去啊！"江燕握着她的手说。

"我被解雇在家待了两个多星期了，我想了很多，有的事情回想起来，精神真的很受刺激，这个关卡可能是每一个华裔护士都要过的，我们的神经要结实些。"说完，徐姐的眼圈儿红了。

此刻，小李的眼里不再有泪水，她让江燕给她梳梳头。江燕给她梳理了头发，还扎好了辫子。徐姐又用温水替她洗了脸，搽上面霜。江燕掏出小镜子让小李照照自己，小李端详着镜子里的自己，听见徐姐说："我们的小李还是那么漂亮！"她抿着嘴笑了。

四

五天后，小李出院了。由于救治得及时，她康复得很快，没有留下任何后遗症。几周以后，小李就回医院上班了。她在延长的三个月的培训期里学到了不少知识，也找到了些提高工作效率的窍门。现在她对病房的常规工作干得较熟练了。

江燕在中转病房里，战胜了一个又一个困难，终于站稳了脚跟。

徐姐没有去肾病透析中心工作，她不甘心就这样放弃了临床第一线的工作机会。她在一个有着 99 张床位、三个科室的护理中心当护士经理。美国的护理中心与中国的疗养院不同，与国内的老人护理中心也不同，它还是以担负医疗任务为主。徐姐很快就适应了护理中心的工作，由于她有较好的基础，对病人的病情变化总能及时发现，病人也能得到及时处理，护士主任对她的能力非常满意，她与护士主任关系融洽，工作配合得很默契。

转眼到了第二年夏天，洛杉矶的阳光分外灿烂。那天正好江燕、小李和徐姐都休息，她们相约在一家叫红龙虾的西餐馆吃午饭。

小李早早地到了，服务生把她带到了一个有落地窗的包厢里，她先要了一杯可乐，一边喝着一边等人。小李看看窗外，艳阳之下，绿树红花景色迷人。室内的温度凉爽舒适，耳边传来优雅的轻音乐的旋律，她的心像是在伴着动听的乐曲起舞。

徐姐进来了，她看见小李在向她招手。徐姐穿着白色的开领短袖，配天蓝色的西服裙，显得格外端庄美丽。她在小李的身边坐下，看到小李伤后恢复得这么好，真为她高兴。

江燕向她们走来，她身着白底带花的连衣裙，飘逸的长发随着长裙舞动，像一阵柔和的风飘到了她俩的面前。三个人寒暄之后，江燕在小李和徐姐的对面坐下。

"今天咱们三个能凑到一起不容易，我请客，咱们要吃好，喝好！"小李兴奋地说。

"你是说今天要喝酒啰？"江燕问。

"我都死过一回了，在你们的帮助下，我又活过来了，理当庆祝！不喝酒，哪叫庆祝？"

服务生过来了，江燕和小李点了龙虾，徐姐要了份牛排。她们每人还要了一杯鸡尾酒。

"你又活过来了的意思，不仅是伤后痊愈吧？"徐姐问小李。

"当然不是，我的意思是我们在美国的护理界一路走过来，历经磨难，现在终于站住了脚，真如死里复生！"小李的话说到了每个人的心里。

江燕端着高脚酒杯，抿了一口她的马提尼酒，她将酒杯里的红樱桃放入口中，品着酒里苦中带甜的滋味。她扭头望着窗外高大的棕榈树和周围盛开的鲜花，心中有无限的感慨。从去年秋季进入美国的护理界，她们经历过了秋风扫落叶般的残酷无情；曾挣扎在阴云密布的冬季；走过了万物复苏的春季；如今，已坦然地面对着热气腾腾的夏季。

小李举起了手中的酒杯说："为我们的相聚干杯！"三只杯子碰出了清脆的响声。

"为我们成功地蹚出了一条生存之路干杯！"江燕含着喜悦的泪水，将杯子高高地举起。

"为难忘的去年冬天，为我们经受住了艰难的洗礼而干杯！"徐姐的声音有些哽咽，但响亮的碰杯声，令她们心情激荡。她们的目光交织在一起，禁不住含泪而笑，笑容灿烂得似窗外的阳光。

"徐姐，你对将来有什么打算？"江燕问。

"临床上再干一年，我准备申请到美国的护理学院去教书。"徐姐说。

小李和江燕都认为她的想法很好，徐姐不但能教中国的护士，也一定能教美国的护士！

"江燕，你呢？"徐姐问。

"我想边工作边读夜校，拿护理学硕士学位，将来当护理诊断师，和医生一样，能给病人开处方看病。"江燕满怀憧憬地说。

"江燕你一定能实现这个愿望。"徐姐和小李都认为江燕一定能完成她的计划,她们深知她的潜力。

"明年回去休假,我要去我的大学和工作过的医院,把我们的故事讲给老师和同学们听,我要告诉他们,中国护士闯荡美国护理界虽然还在初期阶段,但是,美国护士能做到的,我们也能做到!"江燕激动地说。

"小李,你大难不死必有后福!那你的规划是什么?"江燕问。

"我和我先生想今年年底买房子,明年要一个孩子!"小李喜形于色。

"太好了!"徐姐和江燕异口同声地为她叫好,她们再次举杯,三人齐声说:

"为中国护士干杯!"

玛丽安娜的圣诞礼物

我上高二那年的寒假,曾去尔湾附近的圣方济各教堂做义工。我的工作是到教堂的厨房当帮手。教会在圣诞节前为低收入和无家可归的人发放免费的餐饮,让那些贫困的人们在圣诞节来临之际享受几天美食——名副其实的免费午餐,这已成为习俗。

那天我和两个女同学一块儿来到绿树环绕的教堂。冬季的南加州受墨西哥暖流的影响,依然郁郁葱葱,绿茵茵的草坪边缘开放着红色、粉色和白色的玫瑰。虽然没有美国东部的圣诞雪景,却能陶醉于随风飘来的玫瑰花香。我们仰望着宏伟壮观教堂,它虽然不是哥特式建筑,却有着另一番特色,一个白色的大十字架钉在棕色的三角形屋檐的顶端,它高高地耸立着,毅然伸向云彩恣意飘荡的蓝天。我不是基督教徒,但对教堂并不陌生。因为我读小学时在圣盖博市,放学后我妈妈把我送到一所中文学校,在那里做完了作业就学习中文。中文学校的旁边就是一个教堂,它与学校之间只隔着一个我们玩耍的大草坪。

给我印象最深的是每年春天的复活节，教会把许多五颜六色鹅蛋大小的塑料彩蛋里装满巧克力或者糖果，然后撒在大草坪上。儿时的我把复活节当作最快乐的节日之一，因为我总能提着小篮子在草地上捡回十几个彩蛋，欢喜得手舞足蹈！

走进圣方济各教堂的厨房，一个红鼻头中年男子是领班，他颇为热情地给我们分配工作，我的任务是洗菜，给胡萝卜削皮，为做饭的大厨备料。后厨的工作十分繁重和辛苦，一般来的学生干两天，拿到一个当过义工的证明信就走了。我的两位同学走后，我决定再留下来干几天。我留下来并不是想多吃几天教会的免费午餐，而是我对公共厨房有一种特殊的感情。记得上小学四年级的时候，班里每个月都要派志愿者去学校食堂帮厨，给学生发饭，饭后擦桌子。每天食堂都奖励帮厨的孩子一个免费冰激凌。有一次我连续干了两个月，我妈妈对此十分生气，她说家里的冰激凌都吃不完，当一个月义工没问题，但不能没完没了地当下去，中午不能休息，耽误了学习怎么办？还说如果我再当下去，她要到学校找我的班主任谈话。我理解妈妈的心情。当时，我有自己的想法，除了喜欢学校的冰激凌外，我还受到了老师的表扬和同学的尊重，被评为"Good Citizen"（优秀市民），走上学校的年终大会主席台上领奖状。这无疑使少年的我增加了很多荣誉感，也使我妈妈最终为我感到骄傲！而这次我决定留下来还有另一个原因：我时常能听到前面餐厅发饭的义工或者是教会的工作人员跑到后厨来议论一个人，她叫玛丽安娜。有人说她是个可怜的女人，她上高中的儿子出车祸死了，然后她的丈夫酗酒，后来她离婚、生病以致穷困潦倒，靠政府发放的食品券过日子。还有人说，她的性情古怪，来吃教堂施舍的午餐还要求很高，摆出一副对事事挑剔的姿态……这些话让我的心里产生了同情、疑问和好奇。我想见见这个被大家议论纷纷的女人。

由于我决定留下，红鼻头领班让我从第二天起，去教堂餐厅前台工作，为那些来吃饭的人们发放食品和饮料。当然这也是对我的一种鼓励。我自然很高兴，顿觉他的红鼻头也变得可爱起来。一上高中，我就爱上了心理学，想将来做一名心理医生。喜欢心理学的人首先要学会不厌其烦地和别人交流，这下我可以目睹来吃饭的众生百态，也可以亲眼看见众说纷纭的玛丽安娜，禁不住内心有所期待。

第二天我到了前台。餐厅和后厨就是不一样，这里有装饰精美的圣诞树，喇叭里还不停地播放着圣诞歌曲。尽管来吃饭的人大多数不修边幅，有的人甚至衣服很不整洁，但是只要有人、有圣诞歌、有吃有喝，必然就有欢声笑语，身在其中，自然会感到节日即将来临的喜悦。

我负责发放饮料，装饮料的一次性杯子有红色的，也有绿色的。拿到饭的人就到我这里来领饮料，有雪碧也有可乐。前台的工作并不轻松，发食品和饮料是一条川流不息的流水线，不但工作人员要配合好，而且领餐的人也要配合好，否则，流水线一旦中断，麻烦就来了。我要及时问走过来的人要雪碧还是可乐，听到回答立刻把杯子递上去。

上午十一点就餐的人陆续来了，开始还很顺利，到了正午十二点，来的人越来越多，我们也越来越忙碌。忽然我听见身边一个发饭的姑娘索菲亚说："你们看，玛丽安娜来了！"我抬起头，看见一个五十六七岁的欧洲裔妇女，她面色憔悴，灰蓝色的眼睛里透出忧伤与焦虑的神情。她身着一件旧外套，皮鞋却擦得锃亮，梳理整齐的金黄头发里夹杂着银白，她迈着缓缓的步子向我们走来。玛丽安娜开始要了一块烤鸡，不到几秒钟她的主意变了，要求换成炖牛肉，索菲亚勉强给她换了，然后斜眼瞟了她一下，好像用眼睛在说："后面的人很多，我不是为你一个人服务的！"玛丽安娜端着装饭的托盘来到我的面前，我和蔼地问："可乐还是雪碧？"她说雪碧，我拿起一个杯子倒了满满一杯雪碧递给了她，还没走出两步，她转回身对我说："我不喜欢绿色的杯子，请你给我换一个红色的。"在我看来不论绿色还是红色都是圣诞节的颜色，绿色意味着生机盎然，万物新生；红色意味着喜气洋洋，吉祥如意，这应该没什么不同，拿到哪个都是喜庆和欢乐的。可是她坚持要换，神情十分坚定。我只好重新用一个红色的杯子倒满雪碧递给了她。尽管后面领饭的人群已经有些不耐烦了，我却有足够的耐心问她："你还需要点儿什么吗？"玛丽安娜脸上瞬间有了微笑，她彬彬有礼地说："不了，谢谢你！上帝保佑你！"说完她走到餐厅的一个角落的小桌子前坐下，慢慢地吃起来。

大概在下午两点，我们发饭的人基本忙完了，每个义工都拿一份自己的饭，可以带回家吃，也可以在餐厅吃完了再回家。

我选好了自己的饭，端着托盘，正好看见玛丽安娜还坐在角落里，她在慢慢地吃着一块香草蛋糕。也许我和别人的看法有些不一样：来这里的人大多数是贫穷、落魄的人，多数人对圣诞节的免费餐饮是感恩戴德的，从他们的言谈举止，你能看到底层的人的自卑和无奈。可是玛丽安娜却与众不同，她虽然贫困，但她不卑微，她敢大声地提要求。圣诞节期间，即使来领教堂的免费餐饮，她也要保持做人的尊严，大声地说出自己的想法！

我走到玛丽安娜身边问了一句："我可以和你坐在一起吗？"她抬头看了我一眼，说："坐下吧。"我坐下来后，开始吃饭。她端详着我问："你叫什么名字？"我告诉她我叫劳拉，是诺斯伍德高中二年级的学生。听了我的话，她的脸上掠过一丝惊讶，转而露出悲哀的神情说："你知道吗，我的儿子当年也是诺斯伍德高中的学生，他还是橄榄球队的队长呢！那年诺斯伍德高中橄榄球队在决赛中赢了尔湾高中，拿了冠军！可惜当天他太兴奋了，晚上回家时出了车祸！"我看见泪水在玛丽安娜的脸上流淌。她哽咽地说，如果她儿子还活着都大学毕业了，当年很多名牌大学都抢着要他，她怎么也想不明白她儿子的命运怎么会是这样？我安慰她说："过去的事情就让它过去吧，人不能总活在悲伤里呀。"她听后点了点头说："是的，相信儿子也希望我活得快活！"我马上转了一个话题问："你还有其他孩子吗？"她说，有一个女儿，三十岁了，还有一个五岁的外孙和一个三岁的外孙女。我高兴地应着："这不是很好吗！恭喜你，你都当外祖母了！"没想到玛丽安娜却低下了头，仿佛在思索什么。过了一分钟她说:"不瞒你说,我正发愁呢,我都没有钱给孩子们买圣诞礼物,我想去见他们,可我又不好意思空手去啊。这些天我很难过,脾气也不好,有时拿你们这些孩子出气,你们别介意啊。"我忽然明白了玛丽安娜内心的不平衡,也明白了为什么她在取饭和饮料时的挑剔,从心理学的角度讲是可以解释通的。此刻我思索着如何让玛丽安娜度过一个快乐的圣诞节。我问她明天还来这里吗?她说来,一个人待在家里太寂寞了,好不容易盼到了节前教堂的餐厅对外开放,与其说是来吃饭,不如说是来解闷。于是我们说好了明天见。

回到家,当我把玛丽安娜的故事讲给了妈妈听后,妈妈说她非常理解一个曾经失去儿子的母亲的悲痛,也理解一个外祖母没钱给外孙买节日礼物的难过。妈妈是个医生,也是一个很开明的人。她读过很多书,喜欢西方古典文学,也特别愿意听我给她讲周围发生的事情。关于宗教信仰,妈妈曾经对我说过:"你可以去教堂,也可以不去;你可以信教,也可以不信;关键是你要做一个有思想,有同情心,善良、乐于助人的人。"妈妈说得有道理,我和妈妈一样,选择了后者。此刻摆在我面前的问题是如何让玛丽安娜在圣诞节的前夜,也就是在平安夜把礼物送到外孙和外孙女的家里。

当我才三五岁的时候,圣诞节的前夕,妈妈总是问我想要什么礼物,她信誓旦旦地说会把我想要的东西汇报给圣诞老人,圣诞老人在圣诞的钟声敲响的时候将把我的礼物送到我家门口。我曾十分惊喜地在圣诞的早上收到期待已久的礼物,妈妈说是昨晚圣诞老人送来的。这样的惊喜和快乐，或者说是，我不到六岁时就完完全全看穿了妈妈善意的谎言——其实妈妈就是那个圣诞老人！她把给我的礼物藏在汽车的后备箱里，直到圣诞节才拿出来，多么用心良苦啊。而今年，我也想当一次圣诞老人，我要把礼物送给玛丽安娜，让她亲手交给她的外孙和外孙女。我的想法得到了妈妈的支持。当晚我们就出去买了礼物，给她外孙的是玩具电动汽车，给她外孙女的是芭比娃娃，还给玛丽安娜买了一件红色的毛线外套，给她的女儿买了一盒精美的欧洲巧克力。我们把礼物包装好后放进了一个提包里。那晚，我怀着兴奋的心情给玛丽安娜写了一封信，表达了我对她和她的亲人们的祝福。我把信夹在一个漂亮的圣诞卡里，只要拉开那个手提包的拉链，就能看见我的贺卡和礼物。

就在当晚玛丽安娜也没闲着，她在家里打开了装着儿子遗物的箱子。很多年了，她都没有勇气再打开这个箱子，此刻，她用手抚摸着这些载满荣誉的东西：儿子在诺斯伍德高中橄榄球队历年的队服，因学业优秀获得的多个奖状，还有数枚橄榄球赛的奖章。她凝视着装在精美盒子里的奖章，它们依然还闪着金灿灿的光芒。也许是因为她今天遇到了我，一个和儿子同一个高中的学生，我的出现使她联想起了很多往事，她和在天堂的儿子默默地说了很多话。那一晚对她来说，好像突然得到了来自天堂的启示，也许那就是儿子对母亲的祝福与希望。她突然感到自己的生活还可以变个样，因为今天她仿佛感到未来生活的另一扇门已经慢慢打开，她要从悲伤中走出去，忘记那些痛苦，开始新的生活！

第二天，餐厅的义工们都戴上了圣诞老人的红帽子，这是教堂给我们的礼物。毕竟明天就是圣诞节，今天也是我们做义工的最后一天。玛丽安娜果然在中午十二点来了，她竟然换上了一身新衣服，而且还擦了淡淡的口红。我远远地和她打了个招呼，就忙着发送饮料。当她拿着托盘走在队伍里，脸上带着微笑。今天她没有对发给她的饭菜和饮料提出任何异议，走过我的台前时还亲切地说："劳拉，谢谢你！今天我很快乐。"

干完了活，我拎着提包，拿着自己的饭菜又和玛丽安娜坐在了一起。我对她说，今天她看上去很快乐。她说昨晚她想了很久，我的话语使她感悟到这些年自己没有认真对待生活，而遇见了我，还有为大家服务的义工孩子们，她很感动。她还说我们是上帝派来的小天使，她真的很感恩！到了不得不分手的时候，我把手提包送到了玛丽安娜的面前，我说请接受我这个第一次当圣诞老人的中学生给她和她的家人的礼物，请她在今夜打开这个提包，希望她和家人有个惊喜！她开始有些不好意思，想推脱谦让。我说别忘了我是诺斯伍德高中的学生，在我们学校体育馆的走廊里还挂着历届橄榄球队队长的照片，他的儿子的照片一定还在，顿时玛丽安娜的眼睛亮了，她的眼睛闪着泪花，对我说："好吧，我收下你的心意！"然后她慢慢地从手袋里掏出了一个紫红色的金丝绒盒子，她轻轻抚摸着这个盒子，然后递给了我。我惊讶地接过盒子，用疑问的目光看着玛丽安娜。她对我说："这是我儿子在高二时获得的最佳橄榄球队员的奖章,送给你做个纪念吧!明天就是圣诞节了,这是我给你的圣诞礼物!"我打开盒子,看见一枚金光闪闪的奖章,感动得我说不出话来。玛丽安娜对我说:"我也祝你和家人圣诞快乐!"此刻《平安夜》的音乐响彻餐厅,我和玛丽安娜在拥抱中告别。

十年过去了,如今我已经是一名心理医生。我自己的家虽远在北加州,可是每年圣诞节,我还会想起在诺斯伍德高中时的日子,还有那年圣诞节,我遇到了玛丽安娜。

(《玛丽安娜的圣诞礼物》2017年发表于《侨报·文学时代》,入选2017年《北美中文作家作品选》)

伴着爱穿越恐怖阴影

中午时分,洛杉矶爱心医院内科病房来了一位新病人。注册护士蓝英在查看病历中发现,病人有使用毒品的历史,还有与他人共用注射毒品针管造成的严重肝炎,他正在等待换肝脏。这位五十二岁的男性患者,一生放荡不羁,严重的糖尿病和高血压导致他双目失明、双脚溃烂。患者一进病房就脾气暴躁,不与护士合作。

蓝英看完病人的病史,心里顿然紧张起来,这个病人可能还有艾滋病或是HIV(艾滋病病毒)携带者。在美国HIV和各种肝炎的血液检查并不作为常规的检查项目,除非病人自己要求,或有特殊情况才做这些检查。

走廊里不时地传出该病人烦躁的吼叫。一位LVN(普通护士)向蓝英报告,病人的血糖很高,医生开了胰岛素皮下注射,但是他不配合。蓝英听到汇报,便和这位LVN一起去看病人,在去病房的路上,蓝英默默地对自己说:"可要小心啊,病人的血液有传染啊!"

她们来到了病人的床边，蓝英向他解释了为什么要注射胰岛素，随后，拿起了胰岛素的注射器，她让 LVN 帮助固定住病人的上臂，于是将胰岛素打进了他的皮下。针很细，非常尖锐，病人又躁动起来。蓝英把用过的注射器放入一个专用搜集盒里时，针头一下子刺进了她左手的拇指，鲜血立即流了出来，蓝英看到左手出血了，便下意识地走到病房内的水池前冲洗起来，她紧紧地握住左手拇指，冲洗了好一阵子。当时她的脑海一片空白，仿佛没有了思维，只是在下意识的支配下冲洗。LVN 看到了这一幕，惊慌地瞪大了眼睛，吓得几乎叫了起来，她赶忙走到蓝英的身旁，让蓝英别冲洗了，赶快去看医生吧。

周末的主管护士立即通知了医务部，医务部值班人员让蓝英马上去爱心医院对面的工伤诊所，那里是七天开诊，二十四小时有医生值班。主管护士接替了蓝英的常规工作。蓝英给丈夫萧东打了一个电话，让他去工伤诊所。

蓝英来到了诊所，周末来看病的都是急诊，她的前面只有一个病人，于是，她在候诊室的座位上坐下来。此刻，蓝英的心渐渐从麻木中复苏，她开始回忆究竟发生了什么，思考这一切可能会给自己带来什么样的后果。当她的思路越来越清晰时，她的心里就越来越恐惧。她能感到心在悸动，在惊恐中悸动，悸动的心在慢慢地下沉，仿佛沉溺到了黑暗的深渊，始终在恐惧中蜷缩着。

萧东赶到了，他在蓝英的身边坐下。蓝英告诉了他刚才发生的一切，萧东紧紧地握着妻子冰凉的手，他看见蓝英脸上那对本来是快乐的眼睛现在已显得黯淡无光。

几分钟后，蓝英被叫进了诊室里。萧东也跟进了诊室。值班医生是一位四十几岁的白人医生，他面带笑容地与蓝英和萧东握手，态度和蔼可亲。医生了解了情况，深知眼前这对年轻的夫妇在想什么，于是他用平和的口吻说："现在先抽蓝英的血，做一个肝炎和 HIV 的检测当对照，关键是要让病人也抽血，看病人有没有 HIV 等等。"

一位护士给蓝英抽了血，分别放入了两个试管，随后离去。

医生又对蓝英说："病人的针头刺入医护人员的案例在美国每年有几千起，被带有 HIV 的针头刺入，感染 HIV 的概率是千分之三；被带有丙型肝炎或乙型肝炎病毒的针头刺入，感染概率分别是千分之六和百分之二十五。"

医生给蓝英开了两种抗病毒药，告诉她这是抗 HIV 的药，副作用非常大，但是在不知道病人是否 HIV 阳性之前一定要吃。蓝英接过了处方，医生看到这对恩爱夫妻的焦虑表情，激起了他的同情心，他又给蓝英和萧东讲了一段自己的经历。他用缓慢而低沉的声音说："大约在十几年前，我还是一个实习医生，在为一名艾滋病人做手术时，给病人缝合的针穿入了我的手指。我吃了一个月的抗 HIV 药，就是蓝英要用的这两种药，使我没有感染 HIV，我现在还是 HIV 阴性，但是，我经历了非常艰难的一个月，这两种药对胃肠和神经系统的伤害很大。我恶心呕吐，失去了自理的能力，你们要有思想准备。"

蓝英听了医生的一席话，认识到吃药后会很艰难，但是必须吃。她问医生:"什么时候开始服药?""越早越好!"医生说,并嘱咐她来复查的时间。

他们立即去药店取了药,蓝英当即用矿泉水服下了两颗绿色的和一颗黄色的大药片。

在驱车回家的路上,阳光暗淡,有几朵铅色的云彩缓慢地、寂寞地在天空飘移,高速公路上发出低沉的、忧郁的喧响。蓝英求生的欲望在体内擂鼓似的顽强地、神秘地敲响。她喃喃地自言自语:"我相信上帝对我是公平的,我不会就这样病倒下去,不至于失去我的儿子和我的丈夫吧?"正在开车的萧东听到了蓝英的自语,他对妻子说:"无论发生了什么,我都会和你共同面对,我们永远在一起。"

回到了家,萧东忙着做晚饭,蓝英洗了澡,疲惫地躺在床上。吃过晚饭后蓝英又服了一次药。一小时后,她感到恶心,胃里翻江倒海,接下来便是剧烈的呕吐,吐得她蹲在卫生间站不起来。萧东给蓝英递上了一杯温水漱口,为她擦干净了脸,将她扶到了床上,他又去擦卫生间的地。蓝英尽最大的努力忍耐着,为了让自己不要脱水,她叫萧东到附近的商店买含有糖、盐和电解质的水,如 NBA 球员在赛场上喝的那种饮料。饮料买回来了,蓝英喝了几口,仅仅几分钟又恶心难耐,还没等萧东把盆子端上前,蓝英哇的一声把喝的东西全吐了出来,呕吐物从蓝英的口腔、鼻腔同时喷出来,喷了萧东一身。他不顾身上的脏,把盆子接在蓝英的胸前,蓝英一直在吐,直到吐出了胆汁。

窗外,风吹拂着树枝,树叶在叹息,在窃窃地私语。月亮升起来了,一轮血红的月亮升起来了,月光把树的影子投在了墙壁上,云依然在窗外的天空上飘移着,这些云片渗透着血红色的月光,显得格外悲凉。

当一切都平息下来,清理干净,蓝英虚弱地倒在床上,萧东虽已精疲力竭,但他却在为蓝英担心,担心她挺不过来。他望着备受折磨的妻子,不禁一阵心酸。蓝英睡着了,萧东却一个人为蓝英悄悄地流泪,他恨自己为什么不能替妻子去受罪,那一夜,他一直都睁着眼睛。

第二天清晨,蓝英梳洗完后照了照镜子,不到一天她瘦了一圈,下巴尖了,脸色发黄,黄里还透着绿。蓝英又坚强地服了一次药。萧东带着她去复诊,医生给蓝英开了非口服的止吐药,并给她开了病假。医生告诉他们,已经通知了那位病人的医生,让病房尽快给病人抽血化验HIV。

用上止吐药后,蓝英没有再呕吐了,可以吃一点儿清淡的食物。吃过午饭,萧东让蓝英再睡一会儿,这时蓝英才注意到萧东那干涩的、红得像燃烧的火似的眼睛。他们的目光相遇,蓝英难过地叹了一口气,她一时说不出话来,然后她把他的手放在了自己的手里。

一向喜怒哀乐溢于言表的蓝英突然变得沉默了,丈夫习惯了妻子的叽叽喳喳。从前,不论是高兴了还是难过了,芝麻大的事她都会向他倾诉,丈夫就是一个忠实的听众。此刻,蓝英这异常的沉静反而使萧东发慌了。在与妻子生活的这些年里,他知道蓝英遇到了小事会唠叨，遇到了大事，她却是一个非常镇静的人。对于妻子的沉默不语，他唯一能做的就是寸步不离地陪伴在她的身边，他的存在，此时此刻对蓝英是如此重要。

其实昨夜蓝英也没睡好，她想了很多。作为一个医务工作者，她很清楚万一感染上了 HIV 将意味着什么。仅仅用了几次药，她已被折磨得不堪一击，如果真的得病，后果难以设想。她不愿意让年迈的父母为她担惊受怕。她不想拖累萧东，她想好了，在需要的时候，她会和萧东离婚，并在适当的时候结束自己的生命，不能拖累他人。当一个人想到了死，连死都不怕了，她还怕什么呢？

家里有些沉闷，傍晚蓝英想到海边去，他们开车来到了海滩上，蓝英深深地吸着带着有点儿咸涩的空气，极目远眺一望无际的大海，听着海浪拍岸的声音，那独特的有节拍的声音，能安抚她的心灵。面对辽阔无边的海面，她的心豁然敞亮了起来。在松软的细沙上走了一百多米她就累了，额头上冒着细细虚汗，她在一块大礁石旁坐下。这一天她亲眼看到海上日落的景色，海水一时间变得深红，像火一样的晚霞壮观得令她激动不已，流下了眼泪。此刻，她更加感受到生命的可贵，健康比什么都幸福。

沐浴在夕阳下，看着波光粼粼的海上美景，她一遍又一遍地回想着，她短短二十八年零十个月的生命历程，一幕又一幕地在眼前闪现。她记得在十岁生日那天，爸爸妈妈给她买的漂亮的奶油蛋糕；当她接到大学录取通知书时，她高兴得跳了起来；她想起和萧东结婚的那一天，幸福的感觉令她终生难忘；

还有当儿子呱呱落地的那一刻，她感动得热泪盈眶；还有在洛杉矶国际机场与萧东重逢时，众目睽睽之下，他抱起她高高地举起；她还清楚地记得爱心医院的女院长双手举着发给她的奖状，女院长脸上露出的灿烂的笑容……二十八年，生命之花开得正旺盛的时候，灾难与死亡的魔掌竟向她伸来，她才刚刚艰难地完成了从中国护士到美国护士的转换，难道上帝要将她召回天堂了吗？

蓝英怀着对亲人无比眷恋，对生活无限渴望的心情和萧东回到了家。

次日，科主任亨利、主管护士丽莎和护士达雅来到蓝英的家里看望她，他们带来了一大束新鲜的玫瑰。蓝英看着盛开的鲜花，由衷地笑了。他们看见短短的两天，蓝英往日的红白分明、鲜艳妍丽的脸蛋已被抗 HIV 药折磨得憔悴不堪，只有弯曲如弓的眉毛依然如故，而她的眼睛在消瘦的脸庞上显得更大了，止吐药使蓝英昏昏沉沉的，她的大眼睛失去了原来的光彩。

丽莎和达雅各握着蓝英的一只手，丽莎说："蓝英，今天上午我已给病人抽了血，两天后结果就出来了，没出结果以前，不要想太多。"达雅告诉蓝英，病人一开始歇斯底里地拒绝抽血，不听护士的解释，还是丽莎有办法，她对病人说："这是法律规定，血是抽定了！即使你想离开我们医院，不抽血也不准出门，护士有权利拒绝对你服务！"病人被丽莎的话震住了，只得听话。亨利一直在同萧东交谈，询问有什么困难需要帮助。

探望的人们走了，蓝英望着他们的背影，心中陡然生起了一种神圣的信念：她一定要再穿上彩色的护士制服，回到病房，当一名优秀护士！

几个小时之后，蓝英接到工伤诊所主任的电话，他说如果药物的反应太大，可以先停药，等待病人的HIV结果出来后再说。蓝英问一旦对方是HIV阳性，停药岂不是对她很不利，主任说影响不会很大，停不停药由蓝英自己决定。蓝英知道是主任亨利实在不忍心看她被折磨成这样，回去后和工伤诊所的主任作了沟通，但是蓝英认为坚持服药，直到病人的HIV结果出来是最安全的，她决定继续服药。此刻求生的欲望战胜了一切。

两天过去了。第三天上午，蓝英接到了工伤诊所主任的电话，他告诉蓝英病人的HIV结果是阴性！蓝英可以立即停药！他还说，虽然病人有严重的乙型肝炎，但是蓝英本人的化验结果显示有很高的抗乙型肝炎的抗体，说明三次注射乙型肝炎疫苗的效果很好，在肝炎的问题上蓝英也是安全的。病人和蓝英自己的化验结果都在几分钟后传真到了蓝英的家里。

当蓝英和萧东喜出望外地看完了化验结果以后，他俩激动得紧紧地拥抱在一起。五天，这是多么不寻常的五天啊！他们经历了生与死的挣扎、血与泪的痛楚，这是何等令人煎熬的五天啊！这种突如其来的压力释放，使蓝英头晕目眩，她瘫软地坐在沙发上，脸上露出了平和圣洁的快乐。

当晚，萧东专门做了几个蓝英喜欢吃的菜，炖了一锅鲫鱼汤。他俩在餐桌前坐下。蓝英惊喜地发现桌上摆了一瓶新鲜的百合花，红蜡烛呈"V"字形排列。蓝英亲手点燃了象征着胜利的蜡烛，在红蜡烛熠熠的光辉下，他们开始享用五天以来第一次安宁而祥和的晚餐。

萧东给妻子端上了一碗汤，他知道蓝英的胃还很弱，不能喝酒，哪怕是香槟和红葡萄酒都可能刺激她的胃。蓝英喝了一口汤，她不知喝过多少次萧东做的汤，可是此刻，她感到这是有生以来第一次品尝到的鲜美汤汁，不禁深情地望着萧东，几天来他憔悴了很多。他们的目光相遇，两双眼睛都同时放射出激动与快乐的光芒，仿佛从内心深处都同时唤出了一个声音：生命太宝贵了，健康的活着是多么好啊！萧东搂着蓝英的肩膀，她的头靠在他结实的胸膛上。

"今后的路还很长，我们要用爱共同闯过生活中一道道难关。"萧东说出了他们共同的心声。

桌上弥散着百合花淡淡的清香，青春的活力又在他们的身上渐渐复苏，萧东深情地看着蓝英，她兴奋得脸颊上泛起了一层红晕。

"今晚你美丽得像新娘。"他情不自禁地说。

"今生今世，我都是你的新娘！"说完，蓝英扑到了萧东的怀里。这对携手穿越了死亡恐怖的夫妻，沉醉在从未体验过的幸福之中。

（《伴着爱穿越恐怖阴影》刊登于作家出版社《洛杉矶华文作家作品选集》2012年出版发行）

当太阳终于透过云层

大年初一的早晨,刘利嘉忐忑不安地上了长途公共汽车,她去河北蓟县看望男朋友傅歌兵。男朋友是她在上海军医大学念书时,同学钟黎黎介绍的。傅歌兵比利嘉大三岁,在坦克一师二团三营一连二排当排长。去年春天他休假时,专门去上海和利嘉见面,对相貌美丽、品学兼优的利嘉很有好感。在上海短暂的几天里,他对利嘉百般呵护,利嘉对他也有了好感。

20世纪70年代初期,男女朋友并不意味着有任何亲密关系,彼此握手就意味着恋爱的开始,并对这份感情有了一份责任。利嘉坐在颠簸的汽车里,想到自从她的父亲去年秋天受审查之后,傅歌兵很少给她写信,她不知道这次从北京去他的营地与他见面,后果是什么,因为昨天晚上她给傅歌兵打电话说要去看他,他既没有拒绝,也没有表示十分期盼。

春节,军营里也给干部和战士放了假。此刻,傅歌兵正在宿舍里和一排排长王淮海下军棋。他俩既是战友又是哥们儿,两个排长正好住一个屋。王淮海也是干部子弟,他的父亲在红军长征时是红四方面军的干部，随西路军到了新疆。后来，他战胜艰难险阻回到延安。到了延安，王淮海的父亲从一个大头兵当起，1955年他被授予开国少将，目前在某军区任职。

"哥们儿，这棋下不成了，我看你是六神无主啊。"王淮海觉得傅歌兵心不在焉，把棋盘收了起来。

"心里有点儿烦。你说刘利嘉多好一个姑娘，我父母坚决让我和她断绝关系，而且趁她来部队看我，我得向她挑明。说实在的，我心里挺难受的，可是老爸老妈的话我又不敢不听，他们不愿意我因为利嘉父亲的问题受到牵连，甚至葬送了自己的前途。"傅歌兵面带痛苦地说。

"我看你也太势利眼了吧？你女朋友的爸爸一定会有平反的一天，不要那么无情和短见。"王淮海平静地说。

"说起来容易，事情没有摊到你头上，我真是压力巨大啊！"

"那你准备怎么办？大过节的，人家女孩子来了，你让她伤心落泪？"

"我准备实话实说，你说怎么办？不过淮海，还请你帮我照顾一下利嘉，明天我要去营部躲一天，你帮我带她转转。"

"你今天就和她挑明？"淮海有些惊讶。

"那你说，我当断不断，不是耽误人家嘛。"傅歌兵说，一脸无奈的样子。

"你做人真不地道，我不帮你，自己的事自己面对。"王淮海坚决地说。

"求求你了，还是帮哥们儿一次吧，后谢有期。看在你表妹钟黎黎的面子上,利嘉是她介绍给我的,你也要帮我关照她一下。"傅歌兵请求道。

一听到钟黎黎,王淮海的心有点儿软了,他不喜欢这个表妹,他知道她比傅歌兵还要势利眼。但是,钟黎黎毕竟是自己三姨的女儿,她给刘利嘉介绍了傅歌兵,现在傅歌兵打退堂鼓,在他看来,这对刘利嘉是不公平的,就是出于礼貌,他王淮海也要照顾一下表妹的同学。

下午,傅歌兵到公共汽车站接到了利嘉。他看见利嘉瘦了,脸色是苍白的,心中不免有怜香惜玉之感。可是现实就如眼下严冬的气候,是残酷无情的。他帮利嘉提着旅行包,然后走在回营房的路上。一路凛冽的北风发出凄厉的吼叫,枯草落叶满天飞扬,天地之间沙尘滚滚,混沌一片。利嘉和傅歌兵对视了一眼,她觉得他的目光依然是明亮的,但少了一份往日的温情。利嘉感到耳边呼啸的寒风像是在演奏一首悲怆的乐曲,那些枯树的枝杈在冷风里摇晃,像一只只骨瘦嶙峋的手在向苍天乞讨。其实,她对这次来部队探望傅歌兵是有思想准备的,在妹妹的催促下,她觉得俗话说得对:是你的跑不掉,不是你的求不来。她有必要直面傅歌兵,也应该了却一桩悬在心里的事情。

军营就在一座依山傍水的古老村落旁,一排排整齐的砖房出现在利嘉的眼前,砖房的墙壁上刷着红色标语:"备战备荒为人民"。尽管天寒地冻,生龙活虎的战士们还在篮球场上奔跑,这和古老安静的村落形成了鲜明的对比。

傅歌兵把利嘉带到一排家属探亲房,他打开了一个房间的门，让利嘉进了屋。房间不大，一张床、一个桌子、两把椅子，外加一个洗脸盆和脸盆架。傅歌兵说："我们这里条件不好，将就一下吧，不过床上的单子和被子都是我给你铺的，干净的。"利嘉点了点头。她看见傅歌兵拿着脸盆在院子里的水管接了一些水，然后又提起屋里的一个暖壶往脸盆里加了一些热水，把一块新毛巾递给利嘉，让她洗把脸。利嘉接过毛巾洗了脸，脸盆里的水都变得混浊了。傅歌兵看着洗完脸的她往脸上抹了点儿雪花膏，然后安静地坐在了他的对面。利嘉白皙的脸上那双眼睛还是那么楚楚动人，这让傅歌兵心里不禁一颤，他想，要是一切都和去年春天那样该多好啊。

过年期间，连队也改善伙食。傅歌兵用饭盒从食堂打来四菜一汤，摆到了桌子上，他们开始吃饭。傅歌兵夹了一块红烧带鱼放在利嘉的碗里说："好不容易吃一次带鱼，你多吃一点儿。"利嘉埋头吃着饭，她不说话，她要等把饭吃完了，再和傅歌兵谈。

吃完了饭，傅歌兵终于先开口了，尽管他是那样无奈，吞吞吐吐，他把一切责任都推给了自己的父母，显得很无辜的样子。可是利嘉都听明白了，她没有问一句话。当傅歌兵从自己的挎包里拿出了一捆利嘉给他写的信，决绝地递给利嘉，利嘉接过信的手有些颤抖了。

利嘉虽然是有思想准备的，但是当她听完了傅歌兵的一席话，她那颗饱经磨难的心还是感到隐隐作痛，心中那一丝微弱的希望终于被傅歌兵彻底地扯断了，断得那样绝情寡义。

"明天你送我去车站吧。我该回去了。"

利嘉有些哽咽，但她没有流泪，她觉得，如果她和傅歌兵换一个位置，她绝不会在最困难的时候抛弃朋友的。然而，这个世界上什么人都有，比傅歌兵好的、比他坏的人都有，她没有必要为一个不值得她爱的人去流泪。

"再住一天吧，明天我去营部办事不能陪你了，可是我的战友，一排排长王淮海来陪你参观一下我们的坦克，在周围转一转。"

"我没有心情参观，还是回去吧。"利嘉坚持说。

"王淮海是钟黎黎的表哥，他爸爸也是老红军，你不要见外。你马上走，我心里过不去，这大过节的，在哪不是过节，还是不要走吧。"傅歌兵诚恳地请求。

利嘉听到钟黎黎的名字，心想钟黎黎从来没有说过有一个表哥也在坦克一师，可大家毕竟是朋友，不能不亲则仇，为人处世，还得有点儿度量。于是利嘉只好答应傅歌兵后天一大早再回北京。

晚上，寒风吹打着窗户，呼啦啦地响，利嘉躺在床上睡不着，这几个月接二连三发生的事情，已经把她的神经压得麻木了。她拉开窗帘往外看，苍黄的天底下，远近横着几个萧条的村庄，她这样望着，思想和感情交汇成一条孤独寂寞的河流在她的心底流淌。她曾经信任的，感到亲切的、可爱的东西已经变得如此疏远，变得没有任何价值了！她的处境特别孤独无助。

第二天清晨，当利嘉梳洗完毕，听见轻轻的敲门声，打开门一看，王淮海提着饭盒站在门口。就在那一瞬间两人都愣了一下,淮海看见利嘉是那样亭亭玉立、美丽动人,他的心跳突然加快了。利嘉让他进屋,王淮海开始把早饭摆在桌上,利嘉的视线随着他的一举一动起落。他身高大概一米八,单眼皮,高鼻梁,长得像电影《南征北战》里的著名电影演员冯喆扮演的高营长,英俊潇洒。不知为什么,她对这个酷似高营长的一排排长,有一种莫名的好感。而此刻王淮海更是心潮澎湃。当他俩坐下来吃早饭时,王淮海觉得长这么大,还没有哪个女孩子让他这样怦然心动,难道世上真有一见钟情之说?难道众里寻他千百度,踏破铁鞋无觅处,偏要在河北蓟县这偏远的军营里,与自己梦中情人相遇?天知道,利嘉竟然与他理想中的女性形象如此吻合,她美丽、单纯、朴实、大方、善良……他不敢直视她了,任由一颗心怦怦乱跳。他屏住呼吸,认真考虑一个问题:傅歌兵怎么这么残酷无情?他怎么能抛弃这样一个好姑娘,让她在军营里伤心,亏他做得出来!我王淮海不在乎这姑娘的父亲有什么问题,我不怕受牵连,为了她,我能赴汤蹈火在所不辞!今天,我不再以傅歌兵的战友,钟黎黎的表哥对待利嘉;我是王淮海,我和他们不一样,我有我的活法,我什么也不怕,只怕利嘉看不上我。

吃完早饭,王淮海带着利嘉来到连里的坦克库,一辆辆国产五九式坦克排列在那里,威武雄壮。王淮海如数家珍地对坦克作了解说:一辆坦克里有四人,车长是指挥员,驾驶员配有手枪,炮长主要操作100毫米口径的火炮,二炮手负责提供炮弹。他还说,一辆坦克比一个步兵连的火力还要强,它不但有威力大的火炮，还有多向机枪，包括并列机枪、横向机枪和高射机枪，可以上下左右地扫射，坦克里12.7毫米口径的机枪，也比步兵7.5毫米口径的机枪火力大、杀伤力强。坦克里的四人，在战斗时每个人都可以实施机枪扫射。这使利嘉想起看过的苏联电影《解放》，苏军的坦克群顽强地和德国法西斯作战，甚至将军们都打开坦克盖，直面敌人，英勇顽强。想到这里，利嘉面对身边的王淮海不禁心生敬意。她问："一个排有几辆坦克？排长在哪个坦克里？"王淮海一一解答了她的问题，她觉得今天看了这些坦克，听了王淮海的解说，确实增长了不少知识。

下午，王淮海带利嘉去营地边的村镇散步，村庄里土坯房为多，土墙是粗粝的，也有些老旧的砖房，显得古朴幽雅。土屋、古木、奇石与还没有解冻的河流交织成一幅恬静悠然的乡土画。他俩走在还没有解冻的河畔，望着华北大地的山脉村落，仿佛穿越了抗日战争的烽火，眼前既淳朴又粗犷的景象让利嘉想起了自己的老家河北房山县镇江营村，那里有一条拒马河，爸爸就是在抗日战争的烽火烧到了家乡时，毅然决然地参加了八路军，从此开始了跌宕起伏的戎马生涯。利嘉又想起了电影《南征北战》，那是解放战争的故事，男主角高营长勇敢坚强、英勇善战，她记不起电影里的故事，却忘不了高营长的形象。眼前，站在利嘉面前的正是一个活脱脱的高营长——很多女孩子心中的偶像。

当太阳终于透过云层，阳光照耀在大地上，眼前的一切突然活色生香起来。他们来到一家店铺，铺子里卖炒花生、红枣和河北特产干锅烧饼。又薄又脆的烧饼上有一层烤黄了的芝麻，远远地就能闻到芝麻的香味儿。王淮海每一样买了两斤，他让利嘉带回北京吃。

傍晚，王淮海帮利嘉收拾好行李，两人静静地坐了下来，王淮海看着对面的利嘉又怜惜又疼爱。他不能让这个"众里寻他千百度"的好姑娘就这样离开了，他想说点什么，他要向利嘉表白他爱她，可是他又不知道怎么说。长这么大，快二十七岁了他还没有交过一个女朋友。他突然觉得自己怎么这么笨。时间在一分一秒地过去，王淮海几乎能听见自己心跳的声音。

他突然冒昧地说："利嘉，你是医生，给我号个脉，我有点儿心慌。"

利嘉看出了他的紧张，她把椅子挪到他的身边，他伸出了右手，利嘉的手指按在了他手腕的动脉上，感觉王淮海的脉搏跳得很快且有力量。利嘉以医生的口吻说："除了快一点，没问题。"

当她的手要离开他的手腕时，被王淮海握住了。王淮海说："我想做你的男朋友。"

这突如其来的举动和话语，让利嘉不知所措，但她并没有把手抽回来，她的脸上泛起了淡淡的红晕，低下了头，长长的睫毛挂着泪珠。王淮海顿时来了勇气："无论发生什么情况，我都愿意和你一起面对。我不怕受牵连！"听了王淮海的话，利嘉的泪水终于滴落下来。王淮海凝视着利嘉美丽的脸庞，他真想在她挂着泪痕的脸上亲吻几下，可是他还是抑制住了自己的冲动。

利嘉离开的早晨，王淮海送她去公共汽车站，虽然早晨的气温低一些，但是没有刮风，空气冰凉，新鲜的空气吸进肺里，清清爽爽的，沁人心脾。汽车开动了，王淮海站在车窗的下面，终于松开了紧握着的利嘉的双手，"我一定去看你！我会给你写信，别忘了给我回信！"利嘉点点头，看见他的眼睛里放射出无比温暖和温柔的光芒，这也是她有生以来第一次被一个男人的目光深深感动，第一次体会到爱情原来是如此震撼人心！利嘉万万没有想到，在她枯燥无望的生活中，依然流动着青春的活力、展示着生命的美丽，她应该享受这样美好的感觉。此刻她沉浸在刚刚获得的爱情之中，她不必考虑明天，也不去回想昨天，犹如这滚滚向前的时代车轮，必将把她带到前方。尽管前方有无数个未知数，她还是觉得无比欣慰，因为她在不经意中遇到了王淮海，她的直觉告诉她，王淮海的心是透明的，他将是对她永远不离不弃的人。

汽车开出去不久，太阳出来了，利嘉看着窗外华北大地一片光明，好像心中的乌云一下子被阳光驱散了，心情也变得豁然开朗起来，脑海掀起了快乐的浪花。尽管生活的激流中还有许多险滩和暗礁，可是，有"高营长"——王淮海，她不再孤独无助，即使将要撞到岩石上，在粉身碎骨的危险关头，也一定是王淮海用自己的胸膛挡在她的前面！想到这里，利嘉感到无比欣慰，她原本憔悴的脸上绽放出亮丽的光芒。

（《当太阳终于透过云层》发表于香港《文综》2022年冬季号，并入选 2022 年《北美中文作家作品选》）

康乃馨与百合花

不知为什么,新护士陆雪第一天上班,白班主管护士苏珊就对她另眼相看。四十几岁的苏珊,在菲律宾护士里算外表靓丽的。她看起来有点胖,实际上蛮结实的,浅棕色的皮肤配着端正的五官,头发盘到脑后,显得很精干。

苏珊第一次见陆雪,目光异样地瞥了她一眼,看样子玛丽主任已经把陆雪的学历和经历告知过她。面对陆雪,她什么也没问,直接不耐烦地说:"从今以后,你跟着我,我们共同看管病人。"

陆雪点了点头,感到她的眼神里似乎透露出某种心机。

给病人发完了早上的药,苏珊说:"我要去吃早饭,我们休息十五分钟。"

她们来到早上交班的房间,苏珊从冰箱里取出了她的早餐,放到微波炉里加热。陆雪也拿出了放在冰箱的餐包,取出了一个苹果和一瓶水。当她们坐下来后,苏珊吃着饭,她的圆眼睛却盯着陆雪,那眼神就像在看一个怪物一样,让陆雪感到浑身不自在，眼前仿佛出现了一片不怀好意的黑云。

陆雪低头啃着苹果，苏珊看她坐在那里不吭声，顺从得像只小绵羊，苏珊的眼光似乎柔和了些，然后说："今后你是否可以独立工作，要看你的表现，这事我说了算。"

"好，我跟着您学习。"陆雪说。

"我在另一家叫凯撒的医院还有一份工作，一周在那边干两天，因为我不要凯撒的福利，所以给的工钱很高。"苏珊说着，嘴角翘起，显得洋洋得意。

"哇，您真能干！"听了她的话，陆雪心想，一周干三天，每天十二小时，已经算上全班了，比干五天，每天八小时还累。自己可没有那么好的体力去"客串"其他医院。

"比我能干的人多了去了，我们菲律宾的医生、律师、会计师到了美国都干护士！"苏珊自豪地说。

"都做护士？为什么？"陆雪好奇地发问。

"我们在美国有了注册护士执照的话，不用半年就能拿到绿卡，然后全家人都能来了！"苏珊的兴奋劲儿上来了，满眼放着光地说："美国医护是分家的，注册护士是医院的主人；医生和病人一样，他们是医院的客户。注册护士想挣多少钱是你自己说了算，能干多少，就能挣多少！"她眉飞色舞地说着。

陆雪听得似懂非懂，只能附和着直点头，同时向苏珊投去羡慕的目光，心想难怪今天看到的护士很多是菲律宾人。

"希望您对我多多指教。"

"急什么，你还早着呢。我在美国都干了十几年了！开始我还以为你是韩国人呢，中国护士在美国真是太少了。"

听她这么一说，陆雪想起来医院面试的那天，无论在走廊里还是在电梯上，总有人问她是不是韩国人或者日本人。确实，在洛杉矶六七个医生中就有一个是中国人，而六七十个注册护士里还不一定有一个中国人。所以纽约、洛杉矶、西雅图这些大城市的护理界，菲律宾人很多。说得好听点儿，他们是抱团取暖；说得不好听点儿，他们就是护理界的"一霸"。如同中国香港的菲佣一样，成了职场的一道风景线。

陆雪勤奋好学，可是苏珊总给她施加压力，每天工作下来与其说是体力劳累，不如说是心累，她不知道怎么做才能使苏珊满意。陆雪觉得自己就像学艺的小学徒，得处处看师傅的脸色，时时都受着气。一个月后，护理主任玛丽决定让陆雪独立工作，可是苏珊心中不服气，即使陆雪独立管病人，她也总是吹毛求疵，处处挑陆雪的毛病。

新年初始，洛杉矶圣约翰医院为了提高服务质量，开展了对住院病人一小时查一次房的运动。

一天上午，一位护理员告诉陆雪，她的一个病人的输液针头脱出来了。她赶忙提着输液篮子去看病人。苏珊闻声而动，还叫了几个护士一起，如一股狂风跟在她身后，来到了病人的床边。陆雪正准备给病人再扎上新的输液针头，却被苏珊挡住了，她当着病人和六七个护士的面大声地训斥起来：

"这就是你干的工作？！大家看看，输液针都脱出来了，说明你没有把针头固定好，难道你一个注册护士还不会做这么简单的事情吗？"苏珊用严厉的目光瞪视着她，瞪大的圆眼珠仿佛随时要蹦出眼眶。

陆雪感到自己正置身于一场对她的批斗会，幸亏一个护士为她打抱不平："这样的事很常见，每个护士都可能遇到，我们不可能每一分钟守着病人吧？"

"你还为她说话，说明你也没有做好每小时查房！"苏珊不管别人的感受，只顾自己慷慨陈词。她那居高临下的架势和嘲弄的口吻，使陆雪感觉如同被烧红的铁灼伤似的难受。

看样子，有人要小题大做，借题发挥。

当人们散去，陆雪熟练地给那个病人重新扎上了静脉针，不到半小时她又来看病人。一进门，吓了她一大跳！她看到病人的床头柜上摆着一束红色康乃馨！陆雪睁大了眼睛注视着血红的康乃馨，它红得如此耀眼，红得让她胆战心惊。她曾看过中国的一部电视连续剧《红色康乃馨》，那里面的红色康乃馨是死亡警讯，是恐吓的标志。电视剧里的恐怖镜头又出现在她的眼前，此时她额头冒出了冷汗，觉得头晕目眩。过了好一会儿，她终于清醒过来，她又仔细看了看那束鲜花，发现上面还挂着一张小卡片，卡片上写着：对不起，我们的工作做得不够好，请您原谅。这束红色康乃馨、这张卡片分明就是苏珊想再给她点儿颜色看。尽管苏珊并没看过中国的这个电视连续剧，连她自己也没想到红色康乃馨的威慑力。它不但把陆雪吓得心惊胆战，而且令陆雪在心悸之余，感到非常气愤和委屈。因为苏珊到医务部添油加醋地汇报了刚才输液针脱出的事情，并从医务部抱回了这束红色康乃馨，借此让陆雪被视为一小时查一次房运动的违规者。

那天晚上，陆雪失眠了。血红的康乃馨总在她的眼前晃来晃去。此刻，自从到洛杉矶圣约翰医院工作以来，一件件让她受到羞辱的事在她的脑海中纷至沓来、如浪翻滚，纷乱中透着残酷与悲凉，让她无法入睡。于是她悄悄地穿上了衣服走到了凉台上。天空墨一般地黑，没有星星的夜空犹如一个巨大的锅底扣在头顶上，让她有一种喘不过来气的感觉。短短的几个月，昔日的美国梦被所受的挫折搅乱了，缺乏了梦想的夜晚是那么混沌、令人怅然若失。这时，陆雪的丈夫轻轻地来到她的身边，默默地给她披上了一件衣服。夜风撩动着她长长的头发，她从不相信心中的希望之火被现实掐灭了，此时它只是暗淡而已。

刚拿到美国注册护士执照的中国护士，犹如才学会游泳的新手，猛然跳入了美国护理界这条波涛翻滚的大江里，他们奋力前行，搏击迎头冲来的巨浪。他们有呛水的时候，有在漩涡里挣扎的时候，更有被划破碰伤、流着血、含着泪、忍痛坚持的时候。理想很丰满，现实很骨感。护理界没有平静的港湾可以让你停下来喘息，也没有暂时上岸疗伤的机会；只有在汹涌的波涛里奋力向前的人才不会被淹没，不会被大浪甩出去，最终能自由自在地遨游在这条大江里。

想到这里，陆雪下决心要做自己命运的主人，她决定明天就去找护理主任玛丽谈谈，把事情真相讲清楚。眼下正是黎明前的黑暗，她望着东方，禁不住对自己说："曙光就在前头，不能后退。"

翌日，玛丽在她的办公室倾听了陆雪对自己进入病房独立工作以来的汇报，也了解了苏珊对陆雪的反常态度。

一小时查一次房的运动还在轰轰烈烈地开展着，医务部隔三岔五地来检查工作。在病房里，红色康乃馨有时还会出现，但是，再没有出现在陆雪所管病人的床头柜上。

一次查房中，陆雪发现自己的一个病人被挂上了同病房苏珊的病人的输液袋，好在她发现及时，药物进入病人的血管仅仅十几分钟。在发现的那一刹那，陆雪心情非常紧张，为了不让病人察觉，她镇静地将错误的输液袋取下，然后走出病房。

陆雪手里拿着苏珊给错病人的输液带，把苏珊叫到一个科室没人的角落，告诉了她给错药的事情。苏珊开始不相信，当她跑到病房去看她的病人，并证实自己的病人并没有用上通过静脉给的抗生素时，她吓得脸色煞白，手脚发软。一旦静脉给错药的事故发生，后果不堪设想。如果对病人造成伤害，她不但要上法庭，她的护士执照也会被护理局吊销。幸亏输错药的病人没有过敏反应，她非常感激陆雪帮助她及时避免了一场医疗事故。

那天在对陆雪感激之余，苏珊心中十分后怕：一方面她感到自己平时对陆雪太刻薄，怕陆雪去打小汇报；另一方面她更怕给错药的病人随后出问题。最后，苏珊还是将此事向护理主任玛丽作了坦白交代。

几天后的一个下午，圣约翰医院院长来到了陆雪工作的病房,她把陆雪叫到了会议室,这位五十岁开外、金发碧眼的女院长亲切地握着陆雪的手说:"我代表医院感谢你!感谢你及时发现和避免了一场医疗事故。"

"这是我应该做的。"陆雪坦然地说。

院长拥抱了陆雪,然后她们离开了会议室。

陆雪随即走进病房去查看病人。几分钟后,她听见护理站传出了一阵热烈的掌声。出来一看,全科室的护士都集中在护理站,女院长站在大家的中间,玛丽和苏珊站在她的身边。

陆雪闻声走进护理站,看见院长笑容满面,正高高地举着一张奖状,大声地说:"这是对在一小时查一次查房运动中表现优秀的陆雪的奖励!"又是一阵热烈的掌声。

陆雪万万没有想到院长给她带来了这样的惊喜!她接过奖状,玛丽意味深长地向她点了点头。苏珊捧着一束百合花走到她的面前,把花送给陆雪,亲切地对她说:"谢谢你陆雪!祝贺你!"陆雪接过鲜花对苏珊表达了谢意。

那天陆雪一回到家,就把奖状给丈夫看,他高兴得立刻把奖状挂在了客厅的墙上。陆雪望着奖状,眼睛里含着激动的泪花。她扭过头看了一眼先生,他目光中掩饰不住的赞许与信赖,再也没有比他更知道这几个月陆雪进入美国护理界的艰难,他比陆雪更高兴与欣慰。

陆雪把那束百合花插在了花瓶里,他俩的目光不约而同地落在盛开的百合上,粉红色的花瓣轻柔地颤动着,放射出温暖的光辉,整个房间似乎都在散发着迷人的清香,它无声地传递着友善与诚信。他们在幽幽的香味中沉醉,四目相对,两人会心地笑了。陆雪的笑脸就像盈盈绽放的百合花,几个月来,这是她第一次笑得这么开心。

(《康乃馨与百合花》发表于香港《文综》2020年冬季号,并入选2020年《北美作家作品选》)

实验室的风波

一

王小娅颇感幸运的是，来美国的第三年就进了一家著名的生物制药公司。公司在依山傍海的城市尔湾。尔湾位于加州洛杉矶与圣地亚哥之间，受墨西哥暖流的影响，四季如春，气候宜人。它是 20 世纪 70 年代初开发建设的新型城市，有著名的大、中、小学校，有显赫的公司、厂房、购物中心和医疗中心，有无数的豪宅和花园公寓。尔湾的高速公路四通八达。

随着工作的调动，小娅也搬迁到城中心的一处公寓小区。一迁入，她就喜欢上了这里。过去她曾住在洛杉矶一些华人密集的城市。如果说华人密集的蒙特利公园市、圣盖博市和亚凯迪亚市像殷实富足带有传统色彩的小户人家，那么尔湾则是有着十足派头的大户人家。它生机勃发、方兴未艾，被美国财富电视网评论为"全美国最适合居住的城市"的第四位，还被评为美国两万多个城市中人均收入最高的城市中的第七位。

小娅喜欢尔湾,不是因为这座城市的富足与显赫,而是它的恬静与优雅。更重要的是尔湾非常安全,按美国联邦调查局的统计显示,它连续多年为犯罪率最低、最安全的城市。尔湾不但安全而且风景秀丽,有细沙绵绵的海滩,有碧水澄澄的湖泊,有繁茂的绿树和修剪整齐的草坪。对于酷爱鲜花的小娅来说每天清晨一开门,便可见翠绿的草坪周围盛开着的各色月季花,门前的花朵总是对着主人争妍斗艳、喷芳吐香,让她发自内心的喜欢。一天开始,有个好心情比什么都重要。

这家生物制药公司是第一次世界大战期间由两兄弟共同建立的,当时以发明战地输血技术起家,之后不断壮大。公司总部设在芝加哥,分公司遍及美国和全世界。20世纪70年代中期尔湾分公司成立。

进入这家公司,也是小娅人生的一大转折,她在美国东部读完硕士学位后,便来到位于洛杉矶市中心著名的南加州大学从事科研工作,在大学里搞科研只是一个过渡,王小娅的职场生涯应该从这里才算起步。

她踌躇满志,渴望为公司做贡献。

小娅在公司的质量控制部门管辖下的免疫学实验室当高级分析员。实验室里有十四名同事,来自不同的国家。有来自印度、巴基斯坦、智利、波兰、伊朗、厄瓜多尔、菲律宾、中国和美国等九个国家的人员,每个人在这个"联合国"里都理直气壮地讲英语,不必顾忌什么口音。

小娅刚进这个科室时,给一潭静水般沉闷的实验室掀起了一层小小的涟漪。当她的上司哈克穆博士第一次把她领进实验室介绍给同事们时，大家的眼睛都亮了，这位二十七岁的中国姑娘身材纤细，窈窕有致，白皙的皮肤配上一双东方人特有的细长黑亮的丹凤眼，身上飘逸着潇洒的青春气息，使整个实验室熠熠生辉，在场的男士们，心底不禁暗暗悸动；女士们也被小娅的气质折服。无疑，她就像一股春泉注入了这潭静水，沉闷的气氛又活了；而这个"联合国"从此也飘起了五星红旗。

男士们心底的悸动也罢，女士们的折服也罢，都只是过眼烟云。小娅作为年轻的高级分析员，要用自己的实力说话。新上任那阵，经过大学实验室严格磨炼过的她将两个难度最大的实验做得驾轻就熟、稳稳当当。不但哈克穆博士满意，三个高级分析员中资格最老的安利丝也相当服气。

二

大公司文化与大学文化相差甚远。在大学里，教授鼓励手下的人有活跃的学术思想，欢迎阐明自己的观点，提出新的建议，甚至可以和教授争论，教授绝不会因为有不同的观点而结怨。大公司里就完全不同了。小娅也是经历了一些事件才悟出了这个道理。

来公司后半年的一天，小娅的上司哈克穆在自己的办公室里召集三个高级分析员开会，研究公司最近一个产品总有杂质超标的问题，公司高层对这件事非常关注。哈克穆是一个美籍印度博士。他高高的个子，浅棕色的皮肤，外表绅士，五十九岁仍保持着良好的身材，还算浓密的头发总是染得乌黑，每天西装革履。可是小娅却感到他深深凹陷的大眼睛里有一种让人捉摸不透的东西。哈克穆并不懂免疫学实验，他的专长是有机化学。据说，他曾在一家公司当生产部门主任达十几年之久，由于该公司财务不景气，他丢了工作，才到本公司屈就实验室主管。在美国，人人都怕在这个年龄失业，一旦失业后找不到工作，老年福利比从工作岗位上退休的人可差远了。

今天，面对安利丝、小娅和路易斯，他希望能拿出解决的方案。其实，要讨论的这个实验是安利丝和小娅三个月前专门去旧金山一家公司学习后引进的，也只有她俩会做，她们最有发言权。

菲律宾人安利丝是在公司干了二十多年的老员工，五十四岁，稳重老练，实验也做得好，她那种独善其身的表现，使她与实验室主管的宝座多次失之交臂。此刻，她深知今天的话题关系重大，便采取了装糊涂的策略。小娅，不知职场深浅且又聪明认真，于是抢先拿出了自己考虑了很久的方案，她对哈克穆说："这个实验的关键试剂是酶，酶的量与保温的时间及温度是关键。我设计了一组优化筛选方案。"于是，小娅向在座的每个人呈上了一份她的解决方案。

哈克穆的眼睛用十几秒钟扫完了一遍小娅递给他的几张纸，不假思索地说："你的方案没有可行性，上面催得很急，我决定，今天就解决这个问题，给上面一个交代。"

小娅说:"我只需要一天的时间,一天之内,我同时做几组试验,当日就能出结果。"

"我看就算了吧,你们听我的,我将这个实验的标准曲线的每一个点都做了限定的值,虽然难度大了很多,可是我们可以告示上级:实验是非常精确的,精确到标准曲线的每一个点上,产品如果还有杂质,问题就是生产车间的事了。"

哈克穆的话让小娅惊愕不已,安利丝也很不安。只有路易斯献媚地说:"大问题用这样一个办法不就解决了吗!哈克穆博士的主意很好。"

小娅的内心在激烈地斗争着,她对哈克穆这种违反科学、违法免疫学实验的基本原理的行为十分惊讶与不满。沉默了片刻,她极力压制住激动的情绪,压低了嗓门对哈克穆说:"免疫学实验是一个整体,标准曲线的作用是来确定正常值的范围……"

没等小娅把话说完,哈克穆愤然地打断了她:"这里不是大学,还轮不到你来说教!"他的眼睛露出了一束严厉的光,直向小娅刺去。她沉默不语,第一次尝到被羞辱的滋味。而哈克穆从此便对小娅心存芥蒂。

其实该实验是一个叫作"酶联"的常用而且很流行的一种免疫学实验,它的重要性不在实验的本身,而在它是产品出厂前的最后一项测定,其意义重大。

所有"酶联"实验的最后一个步骤都是在带着样品孔的实验盘里加显影剂,绝大多数在此后再加定影剂,然后到分光光度计上读数,数据直接从电脑里打印出来。可是,由哈克穆定了标准曲线的限定值的这个实验恰恰没有加定影剂这一步骤。长达六个小时的实验,好不容易等到了最后一步,一旦加上显影剂,每秒钟样品孔的颜色都在变,即使一遍又一遍地读数,也难免有一两个点低于或高于哈克穆限定的值,不得不重做。连哈克穆自己都万万没有想到,他的投机取巧方案在未来的日子里给实验室带来了无数的麻烦,浪费的时间和钱财不计其数,更让小娅吃尽了苦头。

安利丝身材中等,并不发胖,却有张中年女人的发黄的脸,配着齐耳的短发,小而圆的眼睛依然有神。在关键的时刻她总是"不求有功,但求无过",更谈不上见义勇为、拔刀相助了。她深谙这里的蹊跷,在需要下决心的时候,她却是畏缩不前,没有勇气担当。但是,靠着二十几年的老资格,她在同事们的面前还是有一定权威的。三个高级分析员轮流值班,每次三个月,值班时,负责分配任务,只做文件工作。正巧当时轮到她值班,她专门把该实验分给小娅做,小娅用了很长的时间才摸出了一些规律,做到不耽误产品出厂时间。当路易斯值班时,也是把这个实验分配给小娅做。而小娅值班时,她亲自培训技术较好的印度裔分析员比妮,一个多月下来,比妮终于能独立做这个实验了。

安利丝对小娅表面上是尊敬与和善的,由于是同等职务,她还常同她聊聊家常,有说有笑。可是,她对这位中国姑娘心里总是酸酸的,也许是因为在美国,不少中国人在当医生,而菲律宾人，无论男女，大多数都在做各种护士。也许是因为小娅如此年轻就当了高级分析员，抑或是小娅的学历比她高，这些心里嫉妒的原因，只有安利丝自己最清楚。

三

哈克穆的办公室就设在实验室的尽头的一个小套间里，除开会外，大多数时间他都在里面，办公室的门是开着的，人不出门，全知门外事。每天他都在实验室里转转，和实验台前忙碌着的男男女女开些不痛不痒的玩笑。尽管如此，他并不具备足够的胸襟与魄力，有的只是太多的心计。因此，他是一个无法把别人的力量和热情全部动员起来实行自己计划的人。

哈克穆对手下的员工也不可能一视同仁。马穆德，这个三十几岁的巴基斯坦人是他的亲信，小伙子壮壮的，方脸膛，浓眉大眼，貌似谦恭，却不难感觉到他的狡猾。他的眼神里时常流露出一种令人不愉快的东西。他对上司唯命是从，在每天上下午仅十五分钟喝茶时间，也总如跟屁虫似的伴在哈克穆的左右，那副奴颜婢膝的样子就是向同事发出的信号：他与上司的关系非同一般。

最让大家不快的是马穆德去年的婚礼。去年夏天他向实验室宣布了他将结婚的消息，并把未来妻子的照片显示给了所有人看。大家都夸奖这位有着棕色头发、雪白皮肤的伊朗姑娘美丽大方，真是马穆德的福气。不料，他除了邀请哈克穆和质量控制部门主任海兰德外，本实验室的同事一个也没被邀请。而同事们还为他早早地凑了些钱，买了礼物，准备在他的婚礼上送去。婚礼是在一个礼拜天举行的，没有一个同事出席。星期一大家一上班，小娅就听见了实验室里种种的说法，什么婚礼搞得糟透了，为了等餐馆送来的晚饭，足足让贵宾海兰德博士白白地等了两个小时，等等。小娅心中对这些议论暗暗好笑，她并不介意没有出席婚礼，心想，就算那些议论的人可能是吃不到葡萄就说葡萄酸吧，但是，马穆德的确冷落了大家的一片热心。

小娅另一次被召进哈克穆办公室，是因为分析员波兰裔女士娜达沙，一个三十六岁的老姑娘向哈克穆报告：她受到了马穆德对她的心理骚扰。领导也罢，人事科也罢，只要有员工报告骚扰就得重视。小娅进公司后接受过多次文明礼貌和防骚扰的教育。骚扰，绝不仅是性骚扰，一切不受欢迎的语言和行为，统统属于骚扰的范畴。

老姑娘娜达沙性格十分古怪，每天把自己打扮得花枝招展，却无法"招蜂引蝶"。说实话，小娅不喜欢这位老姑娘，其原因不是因为她的装扮，而是她既傲慢又固执的做派。她实验做得不好，高级分析员常常要纠正她的错误。

那天，哈克穆的办公室里除了三个高级分析员之外，还有被告马穆德和原告娜达沙。

哈克穆沉着脸对娜达沙说："你把事情经过给在座的人再说说吧。"

于是娜达沙告诉大家,昨天早晨从餐厅回到了实验室,只有马穆德在,马穆德走到她的身边说:"你最好还是赶快去找份工作吧,我是对你好,否则后悔可来不及了!"娜达沙说着流出了眼泪,她哽咽着说:"马穆德在暗示我就要被解雇了,我不知道究竟发生了什么?""他为什么要对我说这些,我心里乱极了,真不明白……"

小娅同情地望着娜达沙,心想马穆德的话,是在用软刀子扎人,确实构成了心理骚扰。随后,哈克穆让马穆德讲讲这到底是怎么一回事。

于是,马穆德站了起来,双手交叉在胸前,仰着头,虔诚地祈祷着:"尊敬的上帝,我向你发誓,昨天早上,我根本就没和娜达沙说过任何话。万能的上帝,你看得很清楚,我是忠实地在向你发誓。"说罢,办公室里一片哑然。

马穆德的心里有太多的诡秘,给本应善良的心地蒙上了一层尘埃。善良本是再普通不过的人性与品德,但是并不是每个人都能保持住善良的品质,当面临个人的利害关系时才显露出真伪。

安利丝和路易斯都问娜达沙:"你是不是记错了?"

随后,哈克穆便煞有介事地训斥起来:"你们大家都听着,此事到此为止。你们到实验室来,是工作的,拿了钱回家,都别无事生非,散会!"

小娅走出了哈克穆的办公室,莫名其妙地当了一次"陪审员",真是啼笑皆非。她再次感到哈克穆在刻意包庇马穆德。但是，哈克穆的那句话："Come here, making money, go home!"还确实说得经典，值得牢记。

四

和小娅关系最好的是智利人彼得。彼得四十六岁，中等身材，褐色的眼睛给人一种温和感，他皮肤白而红润，一头好头发，且修剪得整洁得体。看上去，他比实际的年龄年轻了很多。他唇上留着一撮亚麻色的小胡子，使整个面孔增加了一层神圣不可侵犯的庄重。而大彼得十岁的厄瓜多尔人路易斯，秃顶，棕色的皮肤，发胖的体态，貌似憨厚其实是个笑面虎，人前一副笑脸，人后便不得而知。

彼得已在本公司工作了十三年，至今还是分析员，历届领导对他解释的理由都相同：没有学士学位，只是大专毕业。几乎每任领导都会对他说同样的话："彼得，要想晋升，还是先回学校吧。"更使他恼火的是，同他一起进公司的路易斯，也没有大学文凭，但他成年累月盘算和希冀的是怎样才能在这块不大的地盘儿上让自己的位置再上升一格。路易斯竭尽所能地讨好上届实验室女主管。据彼得讲，有一段时间，路易斯天天给女主管送花，最后，终于修得正果，当上了高级分析员。从此，彼得和路易斯便面和心不和，两人暗中较劲。

小娅的出现，让路易斯格外不爽，最喜欢给女人献媚的他，对小娅敬而远之，其他人时常听到他的抱怨："一个刚进公司的新手，比我们干了十几年的人薪水都高，我真是想不通，实在不公平。"

小娅同彼得的工作台挨得最近，且面对面，如果在一条垂直线上，距离只有一米。去餐厅用餐或工间休息，他俩常常同进同出，长此以往，不免招来科室里的一些人对他们调侃似的嘘叹声，有人还神秘地告诉小娅："彼得的老婆可是公司里有名的醋坛子。"小娅对此不屑一顾，身正不怕影子斜。大家都知道小娅的未婚夫在耶鲁大学攻读博士学位，还没有毕业，毕业后他们就结婚。

彼得的太太阿丽霞，就在本公司的包装车间上班。她比彼得年轻十岁，有着墨西哥女人独特的丰满与妩媚，夫妇俩都讲西班牙语，他们有三个女儿。阿丽霞对彼得控制得很严，不给彼得午餐费以外的任何零花钱。有时阿丽霞忘了给丈夫餐费，彼得只好向同事借钱买饭。说来也奇怪，阿丽霞对小娅十分信任和友善，有时小娅和彼得一起吃午饭时，正赶上阿丽霞也来餐厅，三人同桌，聊得更开心。阿丽霞的言谈举止里没有一点儿醋意。阿丽霞那颗敏感的女人心早就感到这位来自中国的学者不但让她放心也值得她尊敬。

公司的餐厅不但是用餐的地方，更是职工们休息、放松的地方。公司有六百多名员工。全部生产车间和个别质量控制实验室都是三班倒，餐厅是24小时都开放着。这里也是公司最豪华的一处，每年它都被重新装修一次。本公司的标志都是用蓝色，设计别致的天花板是淡蓝色的，上面镶嵌着几百个小的圆形白炽灯，白天它如湛蓝的天空向大地洒下暖洋洋的光芒，夜晚，它如宝石蓝的夜空向大地洒下温柔的光芒。用餐的座椅也是精心挑选和配置的。所有的茶水和咖啡、一次性的杯子、餐具都是免费的。职工可以在这里买饭，饭的品种十分齐全。不但各种三明治、汉堡包，每天每时都供应，而且主餐，如意大利餐、中餐、墨西哥餐、泰国餐、日本餐等都是天天变着花样，而且一周前主菜单就张贴出来了。年年感恩节、圣诞节的大餐都做得十分丰富，应有尽有，员工只出三美元便可尽情地享受节日的盛宴。这里还有几个大冰箱和微波炉供带饭的人使用。

餐厅也是公司举办活动的场地，如给员工颁发任职年度奖。小娅在任职一周年时就得到了一枚刻有公司名字的蓝色的多功能小刀。那些任职三年、五年、十年或十年以上的人随着年限的递增，奖品更大、更高级。诸如情人节的诗歌比赛，公司业务说明会等也在这里举行。每当有活动，总是有各式的蛋糕、果汁和饮料供员工享用。小娅过去特别喜欢吃蛋糕，来公司不到半年，因为各种活动太频繁，蛋糕吃得太多了，她对蛋糕也就失去了兴趣。

餐厅经理是一个有着黑亮的肤色、身材高大挺拔、长脸配着一双炯炯有神眼睛的非洲裔男子。看上去他三十多岁，机灵、活泼、健谈。当员工们用餐时，特别是午餐时，他总是穿梭在每个餐桌之间，与大家谈笑风生。

去年圣诞节前夕，实验室以抓阄的方式给同事送礼，抓到谁的名字就给此人买一份十美元以上的礼物，原则上不准透露你要给谁礼物，但是，没有不透风的墙，数天之后，便人人皆知自己的名字抓在了谁的手里。圣诞假期一过，彼得在一次午餐时问小娅："你猜路易斯送给我了一份什么样的圣诞礼物？"小娅说："有什么特别吗？"彼得一脸怏怏不快的表情，说道："他送给我的是半打裤衩，而且是比我的尺寸大两号的！"小娅听了扑哧一笑，差点儿把嘴里的饭喷出来。这份礼物的奥妙可就复杂了，是恶作剧，是调侃，是小气，还是故意让彼得难受就不得而知了。

就在一周以前，彼得曾忧心忡忡地问小娅："你觉得我的身上有难闻的气味吗？"她被这个突如其来的问题弄蒙了："彼得，我从来都没有感到你的身上有什么怪味道，这是怎么回事？"

于是，彼得掏出了一则从杂志上裁剪下来的广告递给了她，小娅看见广告上有几个醒目的字："光明牌洗浴液是消除你身体臭味的最佳品牌！"彼得告诉小娅，这个广告是他午饭后在自己的实验台上发现的。

他气愤地说："这是对我的骚扰，我已经向人事科汇报了，可惜没有肇事人的证据。"

"你认为可能是谁干的？"小娅同情地问。

"我想，不是马穆德就是路易斯，大家中午出去吃饭，只有马穆德一人在屋子里。"

小娅叹了口气，林子大了，什么鸟都有，又奈得其何？

五

公司有四层楼的停车场，走出停车场便进入公司的后院，从后院有道路直通主楼的后门，进入后门，走一段一百米的长廊才到实验室。长廊的两侧都是透明的大有机玻璃窗，远远望去，就可以看见左侧的药品分装车间和包装车间里穿着白色隔离衣的工人们的工作情景；右侧可以看见血浆过滤车间和产品提纯车间里，穿着蓝色工作服的工人们的生产情景。它是公司的一道风景线，每当经过它，员工都有一种自豪感。公司的财力排在全美一百强的大公司之列，仅尔湾分公司一年的营业额就达十四亿美元之多。作为公司的中级雇员，小娅不用像普通分析员和工人们上下班时在仪器上刷时间卡，但她也从未迟到早退过。

公司的长廊不但气派十足，很多故事也发生在此处。去年冬天的一个下午，小娅下班经过这里，不料，透过大玻璃窗，她看见正在上小夜班（下午两点半到晚上十一点）的几个过滤车间工人正围着一个装有几万升的血浆容器激烈争吵着，看上去像是四个工人指手画脚地在同一个人争斗。小娅的心顿时紧张起来，也许是她感到事态严重，也许是她的好奇心驱使，她迅速地跑回内走廊。此刻，那几个工人已到了走廊里，不停地叫骂着，四个男人追赶着一个三十五岁左右的男人，此人气得浑身颤抖、血脉偾张，大有要打起来的势头。围观的人很多，也有人上去试图阻止他们。几分钟后，人事科的人和保安都到了，将闹事的人全部带到了人事科。

　　围观的人群久久没有散去，从人们的议论中，小娅得知这五个工人同在小夜班的一个生产小组，那四个人与那个被追赶的人平时就关系紧张，今天下午，四个人联合指控那位三十五岁左右的男人在几周前的一天晚上偷偷地往血浆容器里加了不明化学物质，被指控者不但不承认，而且非常愤怒。可是，四个人联合告他，就是有理他也说不清了。果然，不到十分钟消息传来了，人事科让那四个人回去上班，而那位被指控的工人则立即停职，回家等待公司的调查和处理。

　　在质量控制部门工作的小娅对此事有自己的疑点：血浆一旦到过滤车间，每一个步骤都是要经过质检合格后才会到下一个流程，如果说有什么异样的物质加入，当天的检测就过不了关。她感到这事有些蹊跷，也只能默默地在心里想着，什么都不敢说，也不能说。只有静观其变吧，小娅怀着这样的心情，驱车回家。

　　第二天小娅听到了和自己的想法一样的议论，特别是质量控制实验室的人们都说："如果指控成立，还要我们做什么，也太小看我们了吧！"

　　一周之后，停职的工人被叫到了人事科，人事科向他宣布：由于四个证人口径一致，他违反了工作操作程序，今日被解雇。听后，他镇静异常，用极其平稳的口气对同他谈话的人事科代表说："好吧，按你们的说法，我在血浆里加了不明化学物质，你们可以解雇我。我在车间工作了十几年，也就是说我加了无数次化学物质。如果你们用这个理由今天解雇我，今天我就坐飞机去华盛顿向 FDA(美国联邦政府食品药品管理局)总部汇报，在公司工作的十几年里，我往血浆容器里加了无数次有害物质，看来我得马上出发。"听了这番话，与他谈话的人吓得脸色都变了，立刻口气和缓地安抚他，让他在办公室里坐一会儿，并殷勤地为他倒了一杯热茶。

半小时后，公司的副总裁、生产部门主任和人事科主任都来到了这位工人面前，亲切地与他握手。他被带到了人事科的会议室，餐厅送来了丰盛的午餐，在一片祥和的气氛中，一切都搞定了：这位工人不但没有被解雇，还被提升为白班的生产小组长，工资涨了百分之十。而人事科的主任不久就离开了公司，接替他的人立刻走马上任。

这个事件在员工中震动很大，人事科刻板的办事方法，没有科学根据地下结论，不但害了这位职工，还差点让尔湾分公司面临灭顶之灾！小娅也醒悟到人事科完全是上层领导的御用工具，它可柔可刚，见机行事，一切都为了维护公司资本家的利益。所谓正义，所谓保护职工的切身利益都屈服于资本家的利益和公司赚钱的大原则之下。

在一个星期二的早上，小娅兴冲冲地从停车场走进公司的后门，经过长廊到实验室的路上，走着，走着，让小娅惊骇不已的一幕出现了，她看见前方一个穿着黑色警服的公司警卫正押送着马穆德朝她走来，像是要把他从后门送出去。他们越走越近，小娅屏住呼吸，尽量保持镇静。终于，她和马穆德面对面相遇，马穆德向她说了声："早上好！小娅。""早上好，马穆德。"小娅尴尬地回应着，马穆德一脸无奈的神情，但很从容，不失自尊的样子。

众所周知，实验室主管哈克穆与马穆德的关系十分微妙，马穆德的住处离公司较远，他总是受到哈克穆的关照，可早来早走，避开高速公路塞车的时段。大家的上班时间都是早晨八点到下午四点半，午饭的时间不算在八小时之内。而马穆德上班时间则是早晨六点半到下午两点半，以不去餐厅吃午饭为由，在公司的时间比别人少了半小时。大家敢怒不敢言。听说他们还有私人来往。

近一段时间，小娅常听到关于哈克穆与马穆德的关系紧张的传闻。有一天，小娅午饭后回到实验室，只有她一人在，她听见哈克穆与马穆德正在哈克穆的办公室里激烈争吵，由于门关着，听不清吵架的内容。小娅暗自思忖：一场暴风骤雨恐怕将要来临。

小娅进了实验室，坐在实验台前，仍陷入惊诧的余波之中。整个实验室异常的安静，空气可以传递最隐秘的信息，大家目光虽然不时地交织在一起，却都没有交谈的愿望。人们都似乎能感到别人的心思，觉得此时说话是不相宜的。

小娅看了一眼彼得，他的面孔格外严肃。上午十点，工休时间到了，彼得向小娅投去了神秘的目光，暗示她去公司的前门。小娅和彼得在前门的大厅里各自倒了一杯咖啡，就朝门外走去。

三月的尔湾，春光融融，春风梳绿了柳枝，春雨洗红了桃花。彼得和小娅在前院的一个角落席地而坐。

彼得望望周围没人便说："马穆德被解雇了，他同哈克穆好的时候穿一条裤子，现在却反目成仇，真是狗咬狗！"

"你知道解雇他的原因吗？"小娅问道。

"听说是他的时间卡显示每天都没有工作满八小时。"彼得说。

"我看马穆德的这个问题也不是一天两天了，怎么现在才拿出来说事？"小娅诧异道。

"哈克穆同马穆德走得太近了，他们之间总有些见不得人的东西，踢开他是早晚的事！"彼得不以为然地说着，突然发现路易斯从他们身后边走过来，还皮笑肉不笑地同他们打了个招呼。

小娅的心立即提到了嗓子眼儿，她不知道路易斯在他们的背后偷听了多久，接下来，又会有什么麻烦找到他俩的头上？生活有时就是这样变幻莫测，此时还在世外桃源，稍一不慎便有可能跌入万丈深渊。

六

第二天上午十点半，安利丝大声说："请大家先把手头的工作停一停，哈克穆博士要给我们开紧急会议，谁都不要离开。"

于是，人人都端坐在实验台前，还来不及揣摩哈克穆的用意，他一阵风似的从外面进来，实验室的门随之都关紧了。

哈克穆站在实验室的中央，他那黑白分明的眼眸透着森森寒气，就像要酿出一场暴风雨来。

"有两个重要的试剂丢失了。"下面有些躁动不安。

他接着说出了这两个试剂的名字后，语气变得更加严肃："这大大地影响了我们的工作进度，一些可以出厂的产品由于在等我们的实验结果无法推向市场，事态严重。"

"谁偷了试剂，请在星期五早上八点以前自己到我的办公室坦白，我知道是谁干的！给你一个认错的机会，你不来找我谈的话，对不起，星期五早上八点，我让你从后门出去！"这句话，他重复了至少三遍。

哈克穆耍了这番淫威之后，便扬长而去。

实验室里先是死一般的沉默，随之而来的惊恐与愤怒犹如烈焰在屋里迅速蔓延，人们骚动起来。最早打破这种沉闷气氛的是土生土长的美国分析员们，正当小娅怅然不知所措时，耳朵里突然灌入一片愤愤然的嘈杂声音：

"随便指控人是犯法的！"

"我们被领导当成小孩子了，太不尊重人了！"

"有本事去同当事人单独谈，别在这里吓唬大伙！"

随后，很多声音接踵而来，印度女士比妮悲戚地唠叨着："真太欺负人啦……"而年轻的伊朗姑娘玛莎双手抱着头哭泣着:"太可怕了,天啊,真是太可怕了!"

一向怕被别人忽视的路易斯却悻悻地躲在一个角落里,貌似坐山观虎斗的样子,这种一反常态的不言不语,使小娅觉得,此刻,他的心比谁都慌。

老练的安利丝稳稳地坐在自己的试验台前,双唇紧闭,好一番只要不开口,神仙也难下手的姿态。

其实,被哈克穆的那番话真正触动的只有两个人:王小娅和彼得。当哈克穆在会上说出两个试剂的名称时,两人的心底都掀起了惊涛骇浪。这两个试剂一个是彼得上周做实验用过的,另一个是小娅上周用来做一个新实验的贵重试剂。彼得和小娅都再明白不过了:哈克穆要对他们下手了!

小娅感到头有点儿晕,就独自回到三个高级分析员共用的办公室里,坐在可以转动的皮椅上,她想整理一下思绪,下一步该怎么办?她不能打任何一个电话,即使说中文也会引起嫌疑。她的心很乱,对自己说:"这样的冤案,这种莫须有的罪名,怎样才能说得清、洗得净?"更令人担心的是,礼拜五一大早,他们很可能像马穆德那样,在公司警卫的押送下被不光彩地解雇了。此刻,她的眼前又浮现出昨天早晨在公司长廊里警卫押送马穆德的那一幕,她感到仿佛自己已站到了悬崖边上,稍一不慎,便会粉身碎骨。

小娅认为坐以待毙不是一个办法。哈克穆的那个架势分明是已经设计好了的陷阱,她思索着,心想绝不能发展到人为刀俎,我为鱼肉,只有任其宰割的地步。她决定反击。

向海兰德博士报告！让哈克穆的上级知道今天上午免疫学实验室里发生的一切。想到这里，小娅的心似乎平静了点儿。最好是两人或三人一起去谈，人越多，说服力越强。于是她决定去找彼得。

海兰德女士四十五岁左右，她既有生物学博士学位又有MBA学位，她是英国裔美国人。她来此公司的时间也不长，和历届领导一样，尽可能地招聘自己的人。哈克穆就是在她来公司不到三个月时进来的，快六十岁能进入这样的大公司，他对海兰德真是感恩不尽，像个忠实的仆人俯首帖耳。小娅来公司快两年，就经历了两次哈克穆在整个部门为海兰德庆祝生日。他提前一个月造势，向本部门六个实验室的员工和主管发出通知，有意把生日庆祝会渲染得越热烈越好。尤其是生日的当天，他不但以个人的名义定了漂亮的大蛋糕，还总是在亲手为海蓝德切蛋糕之前，竭尽吹捧之能事，发表一番又长又肉麻的祝贺词。事后，免疫学实验室的人谁都不敢对此事发表议论，而其他科室的人却说什么的都有。可以看出来，生物化学室主管大卫对哈克穆的做法就很不以为然，甚至很不理解。小娅对此也深有感触，心想，凡是领导，都喜欢被别人吹捧。

哈克穆鞠躬尽瘁的姿态，很快就得到了海兰德的回报。一方面为了扩大自己的地位，另一方面为了把哈克穆提拔起来，海兰德将自己管辖的六个实验室设了三个经理，每个经理既是主管又是另一个实验室主管的上级。哈克穆来了一年就被提拔为经理，在公司里实属少见，整个部门也只是敢怒不敢言。

　　对于质量控制部门的员工来说，这位穿着考究，金黄色的头发波浪式地卷曲在肩上，虽然不漂亮，但看上去有种高贵气质的女主任，离他们太远了。海兰德常去餐厅吃午餐，没有人主动和她同桌，而她总是愿意在本部门员工用餐的桌子前坐下，为了让同桌的人不尴尬，她也找些话说，时而问长问短，但是回答她问话的人都很不自然。

七

　　那天，正好是 St. Patrick's Day，爱尔兰的一个宗教节日，欧洲人开发的这片新大陆上，到处都在欢庆这个节日。公司的后院里，搭起了很多临时餐桌，上空悬挂着绿色与白色相间的气球，员工们大都穿着带有绿色调的服装，尽情地喝着饮料，吃着免费午餐。免疫学实验室的人们即使心中不快，但有天大的事，饭还得吃。

　　小娅来到后院，眼前仿佛是一片绿色涌动的海洋。她试图在扰攘的人群中找到彼得。完全没有食欲，她拿了一块面包和一点儿蔬菜沙拉放到了自己的盘子里，貌似在用餐，眼光却不停地搜索。终于，她在一个角落里发现了彼得。彼得的脸涨得通红，眉头紧锁，正在下意识地啃着一块牛排。他们躲开了人群。

　　"小娅，你怎么看哈克穆的意图？"彼得焦虑地问。

　　"这件事就是冲着咱俩来的，我们不能任其滥用职权，成了牺牲品。搞不好，我们和马穆德的下场一样！"

紧接着小娅说出了向海兰德博士报告的主意，彼得思索片刻："事已如此，我愿意同你去见海兰德。"

他俩朝海兰德博士的办公室走去，脚步格外沉重，心里没有一点儿底。此时小娅和彼得心里都很明白，在大公司里越级汇报是很忌讳的，"官官相护"没有国界，这是任何公司管理层不变的法则。当路过实验室时，小娅让彼得在走廊里等一等，她想进去问一问其他的人是否愿意加入他们的行列。

小娅看到实验室里只有两个人，印度女士比妮和那个上午吓哭了的伊朗姑娘。此时，她们已醒过神来，悟出了哈克穆并不想和所有的人过不去，便恢复了平静。小娅说明来意，比妮淡淡地说："我们就没这个必要了。"

海兰德博士的办公室在二楼，门是敞开的，他俩还是礼貌地叩了叩门框，坐在写字台前看文件的海兰德抬头看见他们，便站了起来迎了上去，请小娅和彼得在她的办公室坐下，随手关上了门。然后，海兰德又回到自己的椅子上坐下，她的手随意地拨了拨金黄色的卷发，用平稳的口气说："有什么我可以帮助你们吗？"

彼得看了一眼小娅，示意让她先说。于是，小娅把今早哈克穆对科室员工讲的那些话一五一十地倒了出来。她还特别强调哈克穆的用词"偷试剂"，"我知道是谁干的，礼拜五八点钟以前不坦白，我不得不从后门送你出去！"彼得作了些补充，俩人说话时都有些激动。

海兰德听后，眼睛里露出了惊异的目光，但是惊讶的表情转瞬即逝，她以洞晓世故的敏感，摊开双手，用诧异而又平和的语调说："我不懂你们在说些什么，既然你们又没做错事，哈克穆没点你们的名字，你们慌什么？"

彼得答道："没有证据地指控员工，还威胁大家星期五有两个人就会被解雇，给实验室造成了恐惧和混乱。"

"是的，我们认为有必要向您汇报这一严重不尊重雇员的行为。"小娅附和地说着。

听后，海兰德不得不表示一下自己的态度："凭证据是对的，没有证据当然不能指控任何人，这一点，你们可以放心。今天早上哈克穆同我说过，丢了两个重要试剂，会影响工作的进度，如果真有人故意肇事，应该严肃处理。你们还有别的事吗？"

小娅对海兰德说道："每一个人在公司里都是平等的，实验室主管应该尊重手下的员工，一视同仁。"

海兰德说："当然，当然。"

彼得和小娅对海兰德倾听他们的意见表示了谢意之后，便走出了她的办公室。

他们一出门，正看见哈克穆就坐在海兰德的办公室门口边的长凳上，小娅和彼得同哈克穆鄙夷的目光相遇，他狠狠地瞪了他们一眼后便立即溜进了海兰德的办公室，门马上就关上了。毫无疑问，屋里的谈话他已听得一清二楚！小娅禁不住倒吸了一口冷气。

比妮出卖了他们，她将小娅和彼得要找海兰德的事，不失时机地向哈克穆打了小报告。哈克穆便有了偷听的机会。比妮的出卖使小娅极为懊丧，小娅更对哈克穆偷偷摸摸的行为感到义愤，在回实验室的路上她心里嘀咕着："他哪像个领导，分明就是一个小丑，下流！"

彼得和小娅先后回到了实验室。屋里异常安静，有人向小娅和彼得投去了同情与尊敬的目光，但没有人说一句话。小娅随手翻阅着一篇自己最近写的一份材料，眼睛盯在纸上，心还乱着，挥之不去的阴霾沉溺在心底。

她感到奇怪的是一向狐假虎威的路易斯，此刻却垂头丧气，眼光呆滞地坐在椅子上。

半小时之后，哈克穆回到了实验室，黑着个脸，他用眼睛快速地扫了一遍每个人，便进了办公室，关上了门。有人在小声议论着：

"他可能被海兰德训了一顿，瞧那副样子，怎么没了神气劲儿？"

"别把人当傻瓜，有什么证据拿出来呀？"

"还是小心点儿吧，不知明天他还会搞出什么名堂！"

八

家本是平静的港湾，小娅那天回到家里却坐卧不安。公司里发生的一切，就像幻灯片，一幕一幕地在她的眼前重现。上午的愤怒和诧异已消失，当冷静下来的时候，她一遍又一遍地问自己：找海兰德谈话，是对还是错？后悔自己为什么不像安利丝那样，处事不惊，稳如泰山。懊丧的情绪有如潮水般冲击着她的心房，当潮水回落了，便是哀愁与对未来不可知的恐惧占据了她整个的心。

小娅躺在床上，辗转反侧无法入睡。忧伤和自责把她的睡意弄得无影无踪。进公司才两年，大大小小的事纷至沓来，这一周更是风云突变，让人应接不暇。

她一直都庆幸自己能进这个公司，有稳定的工作，较高的收入和很好的福利保障。当年，小娅进入这个大公司纯属偶然。正当工作过的大学实验室科研经费缺乏，每人都要找工作之时，一天，小娅正为自己的去向发愁着，坐在实验台旁的椅子上无奈地踢着脚下的试剂包装箱，突然包装箱上一个醒目的公司名字跳入她的眼睛，她的脑海里瞬间闪过了一个念头：去这个公司碰碰运气！她拨411才找到了公司的电话和地址。小娅过五关斩六将，通过了三级面试，历时一个月，就在快"断粮"的关键时刻，成功地踏入了公司的大门。这个偶然的机会，令王小娅在大学里忙着找工作的中国同事和朋友们羡慕不已。

窗外，天空就像一片墨色的天鹅绒，上面缀满了无数星星，闪动着磷色的光辉。她望着黑暗与亮点织成的图案，脑海一片空白。

今夜对小娅来说如此的漫长。当曙光微明，寂寥的星辰还在天边闪着最后的余光，小娅便起身梳洗，她仿佛又恢复了镇静，心想，纵有千难万险在前面，也得蹚过去！

九

次日上午，王小娅拿着一叠签过字的报告，准备送到资料室去，还没迈出门，便听到路易斯惊呼起来："大家看看，看看，两个试剂不都在这儿吗？以后做完实验都注意点儿，别忘了把东西放回去！"小娅转身朝路易斯望去，她发现仅仅一天，路易斯憔悴了很多，他们的目光相遇，小娅愤怒地看了他一眼，他立刻躲开了小娅的目光，下意识地继续清理着冰箱。

突然间的变化，把人们都弄蒙了，大家用惊骇的目光面面相觑，仿佛所有想说的语言被激动和诧异拥塞在嗓子眼里，一时间发不出音来。当时哈克穆就坐在隔壁的办公室里，路易斯的惊呼他听见了，这么大的事，他不但没有出门，反倒把门关了起来。

中午，小娅坐在餐厅的一个角落埋头吃着饭，不一会儿，彼得坐到了她的对面。小娅见彼得眼里透着沉沉的忧虑。

他沉吟了一下，终于鼓起了勇气对小娅说："昨晚我一夜没睡，同我的太太商量了很久。我想昨天找海兰德谈话的事一定惹恼了哈克穆，他是不会放过我们的！你知道，我在公司干了十几年了，我的年龄也不小了，只求将来能在这个公司退休。我准备今天就找哈克穆谈谈，尽量解除误会。"

小娅认真地听着，彼得又说："小娅，我劝你也尽快和哈克穆谈谈吧，他这个人，你是知道的。"

"彼得，我很感谢你对我的信任和关心，你去谈吧，不要有什么顾虑。我会去找哈克穆谈,但是,我还没有想好怎么谈,你去吧。"小娅沉心静气地说。

　　王小娅此刻心里非常清楚,哈克穆的上级海兰德所保证的"没有证据当然不能指控任何人"的话确实起了作用。哈克穆精心设计好的冤假错案以失败而告终,恼羞成怒的他是绝不会善罢甘休的!

　　回到实验室,小娅看见哈克穆的办公室门关着,彼得正在里面与哈克穆谈话。半小时后,彼得出来了,脸上露出了轻松的神色。小娅也为他松了一口气。彼得毕竟是公司的老职工,上上下下都有些人脉关系。看来,哈克穆与彼得的较量暂时休兵。

　　第二天,也就是星期五的上午,小娅正要去和哈克穆约个时间,谈谈昨晚思考了很久要谈的内容。不料,实验台的电话铃响了,小娅拿起电话,是人事科干事琳达打来的,请她立即去人事科。

　　琳达是一个三十来岁的非洲裔女士,一年多以前小娅来公司应聘,她是面试小娅的第一个人。当时,小娅身穿海军蓝的西服套裙,美丽大方,她们只谈了二十分钟,琳达便认定这位聪明伶俐的中国姑娘一定是哈克穆想要的人才。因此,她对小娅并不生疏。

　　此一时彼一时,当小娅走进琳达的办公室时,她昔日迷人的笑容已消失得无影无踪。关上门后,她示意让小娅坐下。

　　紧接着琳达一脸严肃地对小娅说:"根据你最近的表现,哈克穆认为你没有达到他所期待的满意度,因此,向你提出书面警告,并制订了一个针对你的改进计划。"她手里正拿着这份公司统一规格的警告书加改进计划书。

小娅冷静地问:"我究竟犯了什么错误?"琳达便将警告的内容逐条逐句地念了一遍。她认真地听完后,感到最严重的一条是:工间休息时间超过十五分钟达六次之多。小娅诧异的是她总是随大流,与同事们同去同回,难道哈克穆每天都掐着表,专门检查她的工休时间?她想,都是莫须有的指责,欲加之罪,何患无辞!

"请你在这份文件上签个字吧。"小娅这才缓过神来说:"我不签字,上面写的与实际境况不符,我不签。"

琳达用人事科的专用语说:"公司里很多雇员都加入过改进计划,他们现在都干得很好,有人已在这里二十多年了,不要把它想得太负面了,你要积极地看待改进计划。"

"这是对我的打击报复!我正式向人事科汇报。"于是,小娅将一星期以来所发生的事详细地说了一遍,琳达露出了十分惊讶和同情的表情。她感到事情并不是像哈克穆说的那样。便说:"小娅,你先在这里等等,我出去一会儿。"当她开门的时候,小娅朝敞开的门望去,她看见哈克穆正在人事科的前厅里慌张地踱着步子。而此时的小娅却十分平静,她默默地对自己说:"让该来的都一起来吧,我已经没有什么可怕的了。"

一会儿,琳达和海兰德一起来了。办公室的门又关了起来。海兰德对小娅说:"哈克穆同我说过让你进入改进计划的事,作为他的领导，我得支持他的工作。事情并不像你想的那么糟糕，你有很多优点，也为科室做了不少贡献，我希望你能继续发挥自己的才能，有些地方做些改进也不是什么坏事。你可以不签字，但是这个改进计划还是要按时执行。"听了海兰德的一番话，小娅一句话没说，也不想再说什么。海兰德走过来和小娅握了手，便转身离去。

当办公室里只剩下俩人时，琳达把自己的椅子向小娅挪了挪，她说："小娅，脑袋长在你的肩膀上，多动动脑筋，说几句好话不都解决啦？"她看小娅还是沉默不语，又说："在改进计划的三个月里，每一个月你同哈克穆作总结时，我都会在场，你尽管放心吧。我相信你一定能过关。"小娅对琳达说了"谢谢"便站起身来，琳达张开了双臂，给了小娅一个意外的拥抱。

小娅拿着改进计划的影印件，直朝哈克穆的办公室走去。她已无所畏惧，更不怕哈克穆将要对她说什么。

当小娅走进哈克穆的办公室，关了门，她同哈克穆面对面时，小娅的一双大眼睛直盯着哈克穆的脸，她说："我看过了这份改进计划，你还有什么话想对我说吗？"

哈克穆阴森着脸，冷冷地说："这就是给你的教训！希望你记住，要同我作对，你还嫩了点儿！你以为向上面报告就可以平安无事吗？太幼稚了！"

他愤愤然地说着，看小娅平静地听着他的训斥，口气稍微缓和了一点，指着小娅手里的那几张纸说："你要遵守上面的时间进度，我们马上就要开展基因重组技术生产的新产品检测了，你是这个项目的负责人，安利丝配合你，三个月内，必须成功地完成这个项目，否则，你过不了关！"小娅以同样平静的心情走出了哈克穆的办公室，心想：哈克穆真是一箭双雕，既惩罚了她，又把一个烫手山芋甩给了她。

十

当小娅被上周的一系列突发事件折腾得筋疲力尽时，星期一的下午免疫学实验室又传出了爆炸性的新闻："马穆德要回来了！明天就回来上班！"大家争先恐后地互相询问，想打听出这到底是怎么回事，临近科室的人闻讯也过来凑热闹，从人们七嘴八舌地谈论内容里，小娅终于明白了此事的缘由。

公司有规定，中级以下的员工被解雇后，在一周内本人可向人事科提出申请"Panel Review"，即员工小组审查。小组人员的确定和法院的陪审团相似，其程序是：员工小组审查的当天，被解雇的员工和解雇他的直接上级同时到场。由被解雇的员工首先向员工审查小组陈述自己受到不公平对待，不应该解雇的理由，直接上级可以辩解。然后员工小组讨论，员工小组审查和表决的结果是最后的裁决。

马穆德要求员工小组审查给哈克穆了当头一棒，他的理由很简单：第一，虽然他的时间卡显示有时工作时间不到八小时，但是，他认为其他分析员也有同样的情况，为什么只解雇他？这不公平。第二，他向人事科表示：面对小组审查的人员他还有更重要的话要说。

人事科调出了免疫学实验室全部分析员的时间卡记录，发现，60%的人都有同马穆德的类似情况。加之他还有"更重要的话在员工小组审查时说"这两条足以使哈克穆吓破了胆，恐怕连自身都难保！于是，哈克穆、海兰德与人事科研究了整整一上午，决定立即召回马穆德，以求息事宁人。

星期二马穆德果然在八点准时到达，他还是坐在原来的试验台，依然谦恭地和同事打着招呼，好像什么事都没发生过。从此马穆德同大家的时间一样，中午也去餐厅就餐，以往的特殊已不复存在。唯一不同的是他对哈克穆的态度完全变了，他们形同路人，从不说话。只有路易斯还像哈巴狗似的伴在哈克穆的左右。

实验室似乎又恢复了以往的平静，但什么事也逃不过马穆德的嗅觉。是的，所有的人都没变，唯独小娅与往日不同了，短短的一周，小娅已被放到了"低人一等"的位子上，她正在三个月的考察试用期里。马穆德时常向小娅投去同情的目光，他对上周发生的事一点儿也不奇怪，因为哈克穆近似于病态的疯狂的报复心他比谁都清楚。而小娅也很明白，中级雇员一旦被解雇，没有"Panel Review"的机会，所以在大公司里，普通员工可以干十年、二十年，甚至三十年以上，但是，职务越高，在职时间越短，几乎没有一个主管以上的管理人员能在同一个位子上超过六年。

生活在期待中往前推动着，王小娅的生活缺少了使其活跃的酵母。她时常半夜醒来便无法再入睡，对未来的不可知就像一块石头压在她的心底，而激励她早起的兴奋剂不知哪里去了。她在每天按部就班地上班回家的日子里期待明天的到来，明天期待着未来，心就如同是靠着这种潜意识的期待在跳动着，等待着三个月后"刑满释放"。

即使在这样的日子里，小娅一次又一次地对自己说，得志之时不得意，失意之时不失志，这才是最难能可贵的啊！她认为在最困难的时候也要保持自己的尊严，活出自己的特性来。

一天，小娅早晨来上班时不慎在公司后院的一个石头台阶上摔倒，虽然没有骨折，但是脚面上和小腿的皮肤有几处擦伤，鲜血直流。她被路过的员工搀扶到了公司的医务室。在美国，只有大公司才有医务室。医务室里有一名注册护士，她立即为小娅清理了伤口，上了药，并做了包扎。

小娅忍着腿痛回到了实验室，大家看到她受伤了，都围上来劝她回家休息，小娅感到虽然腿有疼痛但还可以坚持工作。这时哈克穆正好走进实验室，看到小娅受伤他没有说一句安慰的话，只是探头看了一眼便匆匆离去。哈克穆如此冷漠的态度，对她是巨大的心理伤害，与其说她腿疼，不如说她的心更痛！小娅每年有十五天带工资的病假，可是两年来，她一次病假也没请过。由于腿伤加之心力交瘁，第二天小娅请了病假，独自躺在家里。

人在生病的时候最思念亲人，她想念远在大洋彼岸的妈妈，如果现在妈妈就在身边该多好啊。她眼里噙着泪水，一遍又一遍地呼喊着妈妈，希望妈妈能感受到女儿对她的思念。

  昨晚，她与心爱的人在电话里谈了很久，他想从东部飞过来看她，可是小娅执意不让他来，怕他耽误了功课，于是他决定暑假期间一定从东部过来陪陪她。小娅感到很安慰。一个人在生活中有所期待，是美好的；有人每天在惦念着自己，是幸福的。"两情若是久长时，又岂在朝朝暮暮。"

  这段时间真可谓祸不单行，小娅感到越是在这样的时候，想想还有更困难的人，就会使自己更坚强。她想到了那位和自己同岁，几乎同时进公司，在另一个实验室当分析员的来自中国台湾的女孩。她是那样的聪明、秀美，才刚结婚一年，在几个月前的一个上午，她在实验室里手提着一大瓶硫酸，不慎滑倒在地，她的左半身和整个脸都贴在流了满地的强硫酸里。当听到一声惨叫，大家跑过去看到那惨不忍睹的一幕，都奋不顾身地上前营救，顾不上性别，用剪刀剪开了她的衣裤，立即用紧急救援的水龙头替她冲洗，救护车马上将她送到了医院。全公司每个人的心都因为这场事故蒙上了一层阴影并感到特别的悲哀，大家分期分批地到医院探视。小娅还清楚地记得，那天，她来到这位台湾女孩的病床边，她一眼就认出了小娅，并轻声地叫出了小娅的名字。小娅看着往日那张秀美的脸大部分被纱布包裹着，露出的部分变成了巧克力颜色，已是面目全非。小娅忍不住转过身去，泪如雨下。据医生说要经过十几次整容手术，她才可以大致恢复，但是，她的脸永远也不会像从前了。虽然她是工伤，后半生可以被公司养起来，可是她的事业，她的家庭和幸福，她的美丽都彻底地改变了。想到这里，小娅感到自己是幸运的，当一个人有着健康的体魄时，还有什么困难不能克服呢？她沉重的心情开始轻松起来。

小娅为自己做了一碗可口的鸡蛋面，吃完晚饭，她感到不但心情好多了，而且受伤的腿经过了一天的休息也不那么疼了。她决定出门去散步。

当黄昏中橙色的光辉渐渐褪去，夜幕便悄然地拉开了它的序幕。小娅独自漫步在社区的小径上。水泥铺的小路在四季碧翠清新的草坪里向各个方向伸展，有的地方它与汽车行驶的路平行。小路有微黄的灯光照着，静谧清幽。此刻，夜来香正悄悄地舒展开它的小花瓣。小小的白色的花朵卧在绿叶丛中，它虽不是花国里的佼佼者，唯有夜晚才凸显出它素雅的美、幽幽的香。小娅远远地嗅到了它的芳香，她是酷爱花的，于是便走到了路边一簇簇的夜来香前，俯下身子，用自己的脸亲吻着小白花，深深地吸一口气，让醉人的浓郁香味沁入肺腑。她的心扉顿时舒展开来，整个胸膛都敞亮了。大自然的美、花的芳香是这样神奇地舒缓着人心中的压力。是啊，一个从大学迈入美国大公司的年轻人，第一件事就是要适应它的文化，适应它比大学要复杂得多的人际关系。而且，是在远离祖国地方，在世界上九个国家的人聚集在一起的小小"联合国"里，要让五星红旗坚挺地立住，并舒展自如地飘扬起来并不是一件容易的事情。她朝远在七英里（注：1 英里 ≈ 1.6 千米）外的公司方向遥遥望去，心想，这个闻名遐迩的大公司，也是美国社会的一个缩影。一切有人类的地方都不是一尘不染的净土，自由、平等、博爱都是有条件的，相对而言的。

小娅还清楚地记得她与男朋友一起在美国东部攻读硕士学位的时候，他俩常坐在被夕阳照得一片金黄的草地上，默默地感受着这个国家雄厚的经济实力。他们时常禁不住问自己，毕业后我们还要在这片土地上待多久？那时，这是个无解的问题，困扰着他们的心。毕业后，他进了耶鲁大学攻读博士学位，小娅则来到美国西海岸在南加州大学从事科研。

她回忆与思考着，徜徉在小区的花园里，空气是温暖湿润的，环境如此恬静悠然，而她的心犹如远处的海涛，无法平静。刚来加利福尼亚州这个被称为金色的西海岸的地方，小娅看到了全世界各族裔的人在这块土地上奋斗，整个洛杉矶地区在沸腾！她慢慢地认识到在这片土地上的所作所为，直接影响到中国人的形象。改革开放后，祖国经济腾飞，让世界对中国人的看法产生了改变。她想，就把自己当一块铺路的基石吧，浪淘泥沙东去，自有一代风流！我们将用自己的双脚踏出一片让后人在美国创业的沃土，给后来人、下一代人开路，为子孙后代造福。想到这里，她有一种责任感和使命感在心中升起，激动得泪水在眼眶里打转。她朝着大海的方向望去，顿然间，感悟到一个开拓者的胸襟应该像太平洋一样的宽广，具有大海的气魄，才能坦然面对一个又一个的挑战！

十一

　　新实验的仪器还没到。小娅和安利丝先去公司的科研部开始干起。科研部在离尔湾四十英里外的杜瓦提市，他们每天就在那里上下班，不必回尔湾公司。

　　科研部的大楼被花团锦簇、姹紫嫣红的花园和茂密的绿树环绕着。小娅和安利丝被安排在一楼的实验大厅。那天，她们将实验所用的东西在实验台上安置好后，便坐下来休息片刻。小娅望着整个大厅，大厅里有许多先进的仪器设备，几十位科研人员同时在排列有致的实验台前工作着，好气派的一幅画面！小娅被眼前宏伟的景观所激励着，心想，她有信心在这里完成新的项目，并顺利地带回免疫学实验室。

　　小娅立即投入了紧张的工作，从掌握实验方法到收集该实验稳定性、精确性等数据，最终要完成一份该实验可行性统计学报告。这一切都在她的周密安排下一步一步地向前推进着。

　　负责该项目研发的是夏普博士，一位西欧裔的中年男士，他英俊潇洒，待人和蔼可亲。小娅还清楚地记得，当第一次她和安利丝被叫到夏普博士的办公室时，她俩刚一坐下，夏普办公桌上的电话响了，为了让夏普安心接电话，她们便起身在办公室里参观。办公室有明亮的大玻璃窗，布置得十分别致。在美国，办公室是非常人性化的，公司允许各自用喜欢的色彩粉刷墙壁，办公桌椅和书架都是按自己的意愿选择式样和色调，所有物品随主人的喜好安放在适当的位置。小娅被办公室墙上的许多照片所吸引。从这些照片中可以捕捉到夏普的一些生活足迹。她在一张棕色的大照片前伫立了很久,这张照片是夏普与妻子结婚前照的,一个美丽的姑娘穿着白色的连衣裙,侧着身子面带羞涩,温情地将头靠在一个身着晚礼服的英俊青年的胸前,青年含情脉脉地低下头凝视着自己的未婚妻,背景是在黄昏的树林里。真是美得令人感动,小娅的心不禁为之一颤,她认为这张镶在精致典雅框架里的照片,分明就是一幅动人的油画,它的名字应该叫"浪漫"。

夏普接完电话,便招呼小娅和安利丝坐下,小娅这时才醒过神来坐到了夏普的对面。

每当小娅和安利丝与夏普讨论实验问题时,夏普总是以他渊博的知识由浅入深地解答她们的提问,并鼓励支持小娅的建议。夏普手下有四分之一的科研人员是中国人,他热情地把他们介绍给小娅。她在工休和午饭时能与自己的同胞在一块儿聊天、畅谈。青春的活力又渐渐地在她的身上复苏。

每年四月的第一个星期,年度涨工资的数额就会显示在支票上。一般在收到支票前,领导都会同该职工单独谈话。但是今年没有人找小娅谈。一天,安利丝从尔湾回来后,手里拿着一个信封,对小娅说:"小娅,哈克穆让我把它交给你。"小娅接过信封,打开一看,她今年的工资增长额是0%!她默默地将信封装进了口袋。去年她拿到了5%的增长,一年的努力,没有给她涨一分钱。小娅陷入了凝滞的沉默里。

安利丝关心地问:"小娅,你没事吧?"小娅摇摇头,黑亮的眼睛里透着淡淡的忧愁。

安利丝对小娅说:"你在这里干得很出色,我知道每天我回家后,你还留下来加班,这些我都向哈克穆汇报了。"

"谢谢你,安利丝,不必为我担心。"小娅真诚地回应着。

在这段时间里,公司的上层发生了很大的变动,尔湾的总裁(CEO)退休了,接替他的是一位来自纽约分公司的女士,副总裁也换了。

不久又一个爆炸性的新闻传来了:海兰德由于私自收取了客户数额可观的回扣而被新来的总裁解雇了,接替她主任位置的人是现任生物化学实验室的主管和经理大卫先生。大卫是公司的老员工,他从分析员干起,一步一个脚印上来的,虽然没有博士学位,但却有丰富的经验。大卫是个美国白人,稳重谦和。

这条消息在王小娅的心里激起了波澜,她深知海兰德的离去使哈克穆失去了可以依靠的大树,他再搞狼狈为奸的勾当是不可能了!而大卫和其他质量控制部门的主管们对哈克穆的斑斑劣迹早就了如指掌。小娅这颗饱受磨难的心仿佛被一束温暖的四月阳光照亮了,她看见了希望。

转眼小娅和安利丝的任务完成了,在她们回尔湾的前一天,夏普博士带着他手下人员在一个豪华的西餐馆举行午宴为小娅和安利丝践行。坐在小娅身边的夏普博士讲了一段简短的欢送词后,大家便开始享受美味佳肴,席间欢声笑语,夏普幽默风趣,几次把小娅逗得忍俊不禁,笑出声来。

下午，夏普请小娅去他的办公室，小娅刚一坐下，夏普便开门见山地问："小娅，你是怎么进这个公司的？当时为什么没有申请我们科研部？"

于是小娅将当年进公司的经过讲了一遍，她还说："进公司半年后，我曾多次在公司内部申请科研部职位，但是，都被哈克穆挡住了。而目前……"

没等小娅说完，夏普和蔼地对小娅说："这两个月你在我们这里干得很好，你聪明，勤奋，喜欢思考，敢于大胆设想，这正是一个优秀的科研工作者应该具备的素质。"

没等小娅回音，夏普博士稍带激动地说："我经常去尔湾开会，我的科室就是直接同质量控制部门打交道的，那边的事我都了解。小娅，我想告诉你的是，在这个公司里，每个人都有权利掌握自己的命运。"听完，小娅向夏普点了点头，哽咽得说不出一句话来。

夏普给小娅递上纸巾，他平和地对小娅说："我的科室的门随时对你都是敞开的，如果你愿意来，我欢迎！"于是他递给小娅一张自己的名片，又说："什么时候想来，同我联系。"小娅还是点了点头。她心怀感激地与夏普握手道别，此刻，她感到夏普博士的手格外有力量。

十二

小娅和安利丝回到免疫学实验室时，新的仪器已安装完毕，她们立即进行了有关鉴定和测试,便投入了新产品的检验工作。同时,她们着手培训比妮和彼得两位分析员接手这个新的实验。

彼得对小娅的回来特别高兴,他们有时同去餐厅喝茶或吃饭。一天,彼得在午休时间问小娅:"哈克穆给你今年涨了多少工资?"小娅反问道:"你对涨的幅度还满意吧?"彼得愤愤然地说:"只有3%!我肯定是实验室所有的人里增长最少的。"他又问:"那你呢?""我只会比你低,你就知足吧!"小娅淡然地说。

小娅为了避免哈克穆再找彼得的麻烦,刻意与安利丝同进同出,通过两个月在科研部的共同工作,安利丝对小娅的人品和能力都很佩服,她们俩建立了一种同事间的默契与好感。

三个月的改进计划已接近尾声。一天,人事科干事琳达把小娅叫到了哈克穆的办公室里。琳达的脸上又露出了迷人的笑容,她以代表公司的口吻,面对小娅宣布:"根据你三个月的表现,祝贺你顺利通过改进计划!"紧接着哈克穆和琳达在改进计划上最后一次签了名,小娅依然没有签字。小娅只对琳达发自内心地说了声"谢谢你",琳达热情地拥抱了小娅,她们便走出了办公室。

此刻,王小娅既不感到轻松,也没有怨恨。只有一点是值得王小娅安慰的:从今以后,她不再低人一等!

由于新实验的上马,工作格外忙碌起来。实验室又新来了四个年轻的分析员,两男两女,都是刚从大学毕业的,他们给实验室带来了朝气,宛如一个陈年的老宅,突然搬进了新人,昏暗的房子一下子亮堂起来。彼得和路易斯仿佛又找回了每天来上班的乐趣，老姑娘娜达沙和单身母亲比妮都自告奋勇带新来的年轻人。于是，安利丝将姑娘们的培训任务交给了彼得和路易斯，而小伙子们自然是跟着娜达沙和比妮。彼得不再有时间同小娅去餐厅，他被姑娘们围得团团转，看着彼得特别得意的劲头，小娅时常忍俊想笑，她一点儿也不嫉妒，她知道，自己与彼得的友谊是经历过疾风暴雨考验的。

聪明的年轻人们很快就掌握了常规工作，与此同时，他们对年轻的高级分析员小娅产生了兴趣。小娅的穿戴和新来的大学生们没什么差别，而她闪亮的大眼睛和披肩的黑发绝不比那些金发碧眼的姑娘们逊色。年经人们都感觉到了小娅头脑的聪慧，看到了她做实验时手的灵巧，经常向她请教问题，小娅也十分友善地帮助他们。

新上任的质量控制部门主任大卫曾两次让小娅和安利丝到他的办公室汇报和讨论新实验的开展情况，并直接给她们下达任务。这段时间，哈克穆就像是一只泄了气的皮球，再也蹦不起来了。除了每两周给大家开一次常规的科务会外，平时他都躲在自己的办公室里，很少露面。

众所周知，马穆德被召回之后，虽然同哈克穆不说一句话，但他一直遵守规章制度，对同事也作出了格外友善的姿态。但是，哈克穆却在暗中盘算着怎样才能将马穆德一把掐死，永无起死回生的余地！

一天，小娅正在埋头检查实验报告，四个新来的年轻人神情紧张地来到她的办公桌前,一个小伙子递给了她一张打印好的请愿书。他们告诉小娅:"是路易斯给我们的,让我们每个人签完名后再给别人。可是,我们根本就不知道发生过什么,但是我们的名字都被打印在上面了,真是不可思议!"

小娅迅速地读了一遍请愿书,上面列举了马穆德自从被召回后八条莫须有的罪状,强烈要求上级将此人开除。请愿人一栏把实验室十几个人的名字都打印上去了,包括了新来的四个分析员。小娅看到路易斯和对马穆德积怨已久的娜达沙两人已签上了名。她感到事关重大,便让四个年轻人先回去工作。

小娅把安利丝叫进来关起了门,商量这事该怎么办。老练沉稳的安利丝首先自己去问了路易斯是谁写的请愿书?路易斯告诉她是哈克穆写好并打印的,让他去叫每个人签字。安利丝将确切的消息告诉了小娅。

小娅试探地问安利丝:"你看这事如何解决?"

安利丝深知哈克穆已今不如昔,加之她了解大卫对哈克穆没有好感,就说:"我们去找大卫汇报!"于是安丽丝和小娅将此事原原本本报告给了大卫。

公司的上层立即对哈克穆这种欺上瞒下、损害职工利益的行为作出了决定:哈克穆停职两周,等待进一步处理。免疫学实验室暂时由安利丝主持工作。

两周后,哈克穆以提前退休的理由永远地离开了公司。但他留给员工心里如噩梦般的阴影在很长一段时间内都挥之不去。

一天,小娅按照预约的时间来到了大卫的办公室。大卫很和蔼地让她坐下。小娅便将哈克穆对她的打击报复和那个不公平的书面警告和改进计划向大卫陈述了一遍。

"我希望领导对这个问题有一个公正的处理。"小娅尽量压抑着内心的激动对大卫说出了这些日子考虑了很久的话。

大卫听后,立刻给人事科拨电话,他让琳达把王小娅的档案带到他的办公室来。

不一会儿,琳达来了,将小娅的档案交给了大卫便出去了。

大卫神情严肃地翻了一遍档案里的东西,随手抽出了那份警告信和改进计划,他递到小娅面前问:"是这个吗?"小娅点了点头。于是,大卫当着小娅的面将它撕得粉碎,放入了碎纸机里。小娅感激地望着大卫,含着眼泪,说不出一句话来。

十三

每年十月中旬,公司都在总部芝加哥举行盛大的科技成果奖的颁奖大会,免疫学实验室与这个奖已久违了多年。这些天突然传出免疫学实验室引进基因重组技术新产品的检测被列入今年的科技成果奖的颁奖项目。这个消息给了全科室一个极大的振奋!人们都兴奋地议论着哪些人会去芝加哥参加这个盛会,领奖的金额是多少。与此同时,小娅也听到了大卫和他曾领导的生化室也将获奖。更使小娅高兴的是夏普博士和他的科研人员共得到三个奖项。

一天,大卫走进免疫实验室时,精神焕发,他大声地说:

"感谢大家对基因重组技术新产品所做的努力和大量的工作！你们获奖，给我们质量控制部门争了光！"紧接着是热烈的掌声。

大卫又说："这次获奖的人员有：王小娅，她是此项目的负责人，还有协助她完成这个项目的安利丝、彼得和比妮。他们四人将去芝加哥领奖！不但有获奖证书，还有奖金两万美元。按照公司的惯例，项目主持人拿其中的百分之五十，协助的三人平分其余的百分之五十！"

实验室里顿时欢腾起来，人们涌向获奖的人，大家握手、拥抱。比妮激动地走到小娅面前，想说什么，小娅示意她什么也不用说了。小娅第一次看到彼得的眼光闪动着前所未有的自豪，他们的手紧紧地握在一起。

几天后的上午，大卫让小娅去他的办公室一趟，小娅一进门，大卫招呼她坐下，便对小娅说："夏普博士同我谈过多次，他想让你到科研部工作，目前他的科室正在招人。"

停顿片刻，大卫又说："免疫学实验室缺一个主管，我们也开始招聘。我希望像你这样的年轻人能挑起这个担子。"

说着他的一双灰蓝色的眼睛和善地盯着小娅，仿佛想猜出小娅的心思。他看小娅没有说话，就将两份已经签过他的名字的公司内部职务转换申请表递给了小娅。小娅接过两份表格，一个是免疫学实验室主管的职务，一个是研究员职务，在推荐人一栏，大卫都写了一段对小娅的能力赞扬的话。

小娅感激地说："大卫，真不知道怎样感谢你！谢谢你对我的信任和支持，我需要一点儿时间考虑一下究竟哪个职位对我更适合。"

"你不必有什么压力，推荐优秀的人才是我义不容辞的义务，我会尊重你的选择，你有充分的时间考虑，从芝加哥回来后，把自己的申请直接交给人事科就行了。"

她怀着十分激动的心情走出了大卫的办公室。

十月中旬的尔湾，依然是风和日丽。傍晚，当西边天空上那一抹胭脂红还没有褪尽时，闪亮的启明星已跃然升起，与晚霞争相辉映。此时，小娅正在屋里收拾行装，明天一大早她就要去机场，与安利丝、彼得他们一块儿飞往芝加哥，参加为期五天的科技奖颁发活动。小娅在大会的第二天，还要上台作十五分钟的学术报告。公司规定，到会者每人都可以带一名客人（配偶，亲人或朋友），客人的食宿费都由公司支付。此次，安利丝的丈夫，彼得的太太，比妮的女友将一同飞向芝加哥，小娅的未婚夫也将在明天从耶鲁大学所在地起飞。想到将与心爱的人相会，一种比喜悦更深的甜蜜的幸福感在小娅心中油然而生。

小娅顺手拿起了一件黑色的金丝绒晚礼服，它是为这次的盛会专门购买的几套服装之一，穿上了它，小娅在大镜子前欣赏着自己。她苗条的身材和秀丽的脸庞在晚礼服的衬托下放射着青春的光彩。据说，在明晚的宴会上，将发给每位女士一朵新鲜的玫瑰花，小娅要让她的准新郎亲手把玫瑰花戴在她的胸前。

小娅收拾停当后,就怀着这样美妙的心境进入了梦乡。

次日清晨,王小娅驱车前往洛杉矶机场的路上,按捺不住心中的喜悦,突然她想起了王蒙在《青春万岁》的诗句,她已记不全了,但是,还是随口朗诵起曾经震撼过她心灵的那几句:

"所有的日子,所有的日子都来吧,
让我编织你们,用青春的金线,
……
所有的日子都去吧,都去吧,
在生活中我快乐地向前,
多沉重的担子,我不会发软,
多严峻的战斗,我不会丢脸,

……"

小娅深情地朗诵着,手紧握着方向盘。汽车朝机场飞快地奔驰而去。

(《实验室的风波》发表于《芳草》2011年第4期,并被《侨报·文学时代》全文转载)

那年,他们相遇

一

北京的盛夏已过,随之而来的是初秋时节。

秋天,解放军传染病医院里的菊花都开了,红的、黄的、白的、紫的,一朵朵清丽娇嫩,一枝枝摇曳生姿,在绿树蓝天的衬托下,红的似火,紫的似霞,白的似雪,黄的似金。这些灿烂的花朵在秋风的吹拂下,散发出诱人的清香,好像极力想把传染病院的阴霾驱散。

刚毕业的王媛媛医生在痢疾病房轮转结束后,又回到了她工作的肝炎病区——五病区。现在她已经可以独立值班、独立管病人了。那个年代传染病医院的医务人员把病人称作休养员,尤其是肝炎病人,他们住进医院就是休息、疗养。治疗肝炎并没有特效药,当时主要是用几种中药配置的一种水剂叫"621",几乎每个急性肝炎和慢性肝炎急性发作的病人一住院就先用"621"。对重症病人,医院发明了一种由中药提纯的静脉注射制剂，对不少重病人还卓有成效。

　　既然面对的是休养员，一个医生最少可以管三四个病房，每个病房有四张床位。医护人员基本不称呼病人的名字，他们习惯地把病房的号和床位的号连在一起叫，既省事又不容易出错，比如，一病房二、三号床位的病人称作：一号二、一号三，依此类推。每天上午医生查房，除了问问病人的感觉如何，就是和病人聊聊天，毫无疑问，病人都希望和医生多聊几句，这对他们来讲也是安慰。

　　媛媛回来后接管的是三、四、五号病房。医生一周给休养员查一次身体，对肝炎病人，主要是看他们眼睛的巩膜有没有黄疸，触摸腹部的时候看肝脾是否肿大，有没有腹水，还要注意皮肤上有没有红色的蜘蛛痣，蜘蛛痣往往是肝硬化的象征之一。休养员们对新来的女医生媛媛十分友好，他们愿意听她讲话，愿意让她的手检查他们的身体状况，他们是信任她的。

　　当媛媛走近"五号一"时，他正坐在床上看书，见医生来了，把书放到床头柜上，然后抬起头来。媛媛和他目光相对，不觉心中有些惊讶，仿佛苏联小说《钢铁是怎样炼成的》里的保尔·柯察金就坐在她面前。他有一双深棕色的、明亮的、深凹的眼睛，高挺的鼻梁，浓密的黑发有一撮搭在了前额上，他的嘴唇闭拢时，形成有力的线条，他消瘦的脸像孩子似的单纯，有时露出沉思的表情，有时眼神里透着严肃和刚强。

　　"五号一，今天你感觉怎样？"

　　"王医生，我今天感觉还不错，我们听说这个病房换了新医生，都盼着你来呢。"听了他的话，五病房的其他三位战士都异口同声地说："欢迎王医生！"

媛媛微笑地对大家说："谢谢你们。"

媛媛穿着隔离衣，全身都裹得严严的，只有一双手和两只眼睛露在外面。就凭这双眼睛和她说话的声音，好像病人们在自己的心中已经勾勒出了她的全貌。年轻的女医生让这个房间顿时有了生动活泼的气氛。

媛媛检查了"五号一"的身体，感觉这个病人在康复中，没有发现异常。媛媛拿起他床头柜上的书，是范文澜的《中国通史》。

"你在读这本书？"媛媛问。

"是的，已经读了好几遍了。这两年上级要求大家读外国人写的六本书，这些外国人就是马、恩、列，还要求大家读史书，一本范文澜写的《中国通史》在新华书店开始有卖了。

"我走了八里路去了建设兵团团部合作社，将这些可以买到的书一次性买下。当时花了十块钱。我们的工资是一个月三十二元，叫二级农工，大家都一样，食堂扣下十二元伙食费，连里还要扣五毛电费，每月到手的不到二十元钱。我曾经很想买一台照相机，因为我喜欢照相，但是一台镜头折叠式海鸥203相机要八十八元，一年省吃俭用存下来的钱还是不够，所以一直没有买。由于花钱的地方不多，基本上我还能存一些钱，一次性拿出十元钱买书，虽然是一笔不小的开支，不过精神食粮还是需要的。"

"除了看这六本书你还看别的书吗？"媛媛有些好奇。

"马列六本书也好，《中国通史》也好，很快我就看了不止一遍，虽然书中的很多东西我并没有完全读懂，但是它在我的心上打开了一扇窗，让我更加渴求知识，希望能在枯燥的乡下生活中，给我的大脑充实一下，使精神不至于慢慢的颓废下去。

"在知青中，不时就冒出一本不知道从哪个连队、哪位知青手里搞出来的书，也就是内部参考书。这样的书，那是多数知青的宝贝。记得有一次，连里一个知青从其他连队带回一本《基督山恩仇记》，大家如获至宝，想看的人太多了，协商之下，大家决定每人看一个小时，从收工开始一个个接力，我挑选了凌晨三点钟的时间段。这是我的一个小算盘，根据我的经验，三点到五点钟是人睡眠最深的时候，也是人最不愿意从床上爬起的时候，如果下一个人无法抑制睡眠的诱惑，那我岂不是多了一个钟头？

"起早的那种滋味没有受过的人不知道，那种难受劲，真是对人的折磨。头晕不说，胃里泛酸水，整个人恨不得去死。怪不得有种刑罚就是不让人睡眠，造成生理上的反应都能使人疯了，最终失去任何抵抗。事实证明我是对的。那一晚，后面排队的两个人都选择了放弃，也许读书对他们来讲不比睡一场好觉更重要，也许他们真的是太疲惫，总之我有了三个钟头，这个时间足以使我把一本书看完。

"这样的事情发生不止一次，只要有书来，这个惯例不变。宿舍里灯光很暗，看书的时候要举着书，凑到灯光前，这样看起来才不累。但长时间地举着书，两只胳膊感到酸，最后是麻，但是书中的内容太吸引人了，以至于整个人都忘记了自己。直到很久以后，再回想起这段有趣的读书经历时，我都奇怪是什么力量支撑着我。"

他所有的语言和动作让媛媛觉得都那么生动有趣，而且他年龄不大却经历不凡。

当她看完了四个病人，要离开病房时，"五号一"站了起来，他看上去身高一米七六左右，宽宽的肩膀，看得出来是做过重体力劳动的人，尽管穿着带蓝色条纹的病号服，也掩盖不住他的帅气。

从病房出来，媛媛的心中有一种异样的兴奋。当她脱了隔离衣，静静地坐在医生办公室的时候，她没有心情去写病人的病程记录。"五号一"的病历此刻就放在她的办公桌上，而她的思绪却回到了从前。她在小学五年级时就读了小说《钢铁是怎样炼成的》，她还记得她第一次看的那个版本是从英文翻译过来的，书的封面是浅墨绿色的，保尔骑着战马，戴着苏联红军的三角军帽，手里高举着战刀，这幅画面永久地定格在她的脑海里，挥之不去。后来她又读过这本书的不同翻译版本。保尔·柯察金的形象，在媛媛少女时代，就是她心里的英雄。他集刚毅、顽强、吃苦耐劳、勇于牺牲并富于浪漫色彩于一身。此刻，她也奇怪，自己为什么把一个病人，一个再普通不过的知青和保尔相提并论。似乎从今以后，她有无尽的热情去探秘这个病人，这种充满她整个心胸的新奇感觉使她感到振奋无比，她突然觉得在这个阴森森的传染病医院里,闪出了一道亮光,这道光在她的心中闪耀,她恍然觉得到生活原来并不像她想象的那么糟糕和乏味。

从病历上看,他的名字叫陈曙光,比媛媛大两岁,是黑龙江生产建设兵团的知识青年,由于得了急性B型肝炎,在北大荒治不好才回北京治病,已经在此病房住了两个多月,各项指标正在恢复中。他出身于高级知识分子家庭,父亲现任水电部副总工程师,母亲是水电部的会计,他们刚从五七干校回到北京。他有一个哥哥曾经在陕北插队,后来又成为青龙峡水电站的一名工人。还有一个妹妹在上小学。他之所以能来部队的医院住院治病,是因为他的小学同学的姐姐是五病区的医生,他得病后是在同学的帮助下被安排到军队的传染病医院来治病。

二

此间,五病区的病人掀起了编织塑料装饰品的热潮,也许是生活太无聊了,所有的病人,不论男女,也不论干部战士,几乎每人手里都拿着各种颜色的塑料胶线,编他们喜欢的东西,而且还互帮互学、切磋技艺,好像手里编织个玩意儿就忘记了身体的痛苦,原本肃穆的病房,成了花花绿绿编织品的展示场。

上午,媛媛怀着愉快的心情去查房,她期待每天都可以从这个兵团战士身上了解她原来不知道的东西。她总是先把三号和四号房间的病人看完了再去五号,进了五号,她先看其他病人,最后走到"五号一"床前,他像一块磁铁吸引着她。

陈曙光手里正用淡紫色的胶线编一个手环,紫色的小花吸引着媛媛的目光,她问:"这紫色的小花有名字吗?"

他那双凹陷的大眼睛看着媛媛,释放出友善的光芒,好像自从昨天他们聊读书之后,他对她也产生了一种好奇,并有继续和她交流的冲动。他立刻回答王医生说:

"有,它叫达紫香,是黑龙江黑土地上生命力最顽强的报春花。"说完,陈曙光放下了手里的东西。

"哦,我还没见过达紫香,能说说这花吗?"

"我曾经写过一篇散文,赞美过达紫香,散文已经遗失了,但是那块土地上的达紫香盛开的情景已牢牢的印刻在我的大脑里。

"开春了,冰雪慢慢地融化,渐渐黑土地露出了本来的面目。枯黄的小草展示了顽强的生命力,在春风下,冻死的根系上又长出了新牙,向大自然展示出绿色的生命。大地万物开始复苏,田野里最早出现的花是达紫香。记得在背着犁、赶着牛去耕地的时候,田野里开满了这种紫色的小花。从冻土地生存下来的植物是最具有生命力的。在整个严冬,它的根系早已冻成冰,当冰融化的时候,这些看上去冻死的根系竟然又复活了,进入了新的生命周期。"

他慢慢地说着,浓密的睫毛下一双炯炯有神的眼睛忽闪着。

他的描述,仿佛把媛媛带到了一望无际的黑土地上,她看见了盛开的达紫香,漫山遍野,花团锦簇,紫波翻滚——这是用多大的气势来迎接春天啊!

陈曙光看着媛媛那双闪着光芒的眼睛,仿佛她正站在达紫香的花海之中,小小的花朵布满了她心灵的天穹。

"唯有达紫香处苦寒之地,却拼尽全力,将自己的生命变得绚丽、豪放。虽然她的花期比别的花短,只有半个多月的灿烂,但是,生命只要有这样的绽放就足够了,总比碌碌无为强很多。"

"真羡慕你有这样的经历,和达紫香一起迎接春天该有多么美好!"媛媛说。

"刚踏上北大荒,我从来没有见过如此广袤的大地,没有见过田地在远方与地平线连在一起的奇特景象。天空中的白云从遥远的地平线排列而来,一块块地伸展到我们的头顶,就像一支庞大的舰队,由远至近在蓝天上列队行驶。蓝天、白云、黑土地,引人遐想。那一刻,我真想凝固时光,将原野的美景永远留住,那情景将一切不愉快一扫而光,有那么一瞬间,我突然感到了希望,感到了活力,我突然觉得幸福。"陈曙光激动地说。

她跟随着他的话语而感动着。但是他认为眼前的女军医并不了解北大荒知青的真实生活,于是他又说:

"我所在的黑龙江生产建设兵团3师29团6连,地处黑龙江双鸭山市的东北面,现在叫集贤县。双鸭山市是东北东部著名的煤城。鸡西、鹤岗和双鸭山,由于地下埋藏着巨大的优质煤层,也被称为东北的三大煤都。集贤是老东北农垦总局下辖的一个农场,1957年从朝鲜战场下来的十几万名抗美援朝志愿军,在党的号召下,整建制地脱离军队系统,开赴这里,屯垦成边,在东北的这块黑土地上垦荒种田,建立起一个个巨大的国营农场。早期的垦荒者用自己的双手开垦了几百万顷土地,耕田实行的是机械化作业,给实行了几千年的一家一户耕作方式的中国农村起了示范作用,树立了社会主义新农村的范本。"

他端起搪瓷缸子喝了一口水,看见王医生在全神贯注地听着,又说:

"少年时候,一本书叫《军队的女儿》的小说,就是描述了那一代青年人在西北垦荒的故事,它感动了不少年轻人,大家憧憬自己也有一天投入那种火热的生活。虽然到了我们这一代,这种热情已经被另一种革命激情所替代,但是踏上黑土地的那一刻,我还是不禁想起了那本书和根据那本书改编的电影。我幻想着电影里出现的整齐的砖瓦房,路边一排排挺拔的白杨,拖拉机、收割机像战车一样,在无垠的土地上驰骋,丰收的粮食像瀑布般的喷入粮仓,现代集体农庄的景象是多么的美好,引人遐想。可眼前的现实,与我脑海的影像总是无法结合在一起,我认为这是幻觉,总希冀前面一定会有电影中的景象,也许就在小路的尽头,我的失望随着小路的尽头变成了绝望。"

"绝望?把那些绝望和苦难都告诉我吧!"媛媛用请求的眼光看着他。

"明天吧,让我慢慢给你讲,兵团里的事情多着呢!一两天讲不完。"陈曙光看媛媛对他的经历这么感兴趣,而他对这位女医生的好感也在增加。说完,他的手又拿起了那个放在床头柜上的手环。

"这是编给谁的？"嫒嫒问。

"给我妹妹。"

"她多大了？"

"小学五年级。"

"你和妹妹年龄差别很大啊！"

"是的，她小的时候，我哄她睡觉，她总要含着我的手指头才能睡着。有一次，我看她睡着了，又不敢把我的手指头从她嘴里抽出来，情急之下想了个办法，那时她的腿非常柔软，我就把她的脚趾头放进了她嘴里含着，她居然没有醒，我就可以做自己的事情了。"

这话把嫒嫒逗笑了，她笑得很开心。

陈曙光从床头柜的抽屉里拿出了一捆各色绞线，望着嫒嫒乌黑闪亮的大眼睛，然后问："你喜欢什么花？什么颜色？"

"你的意思是？"

"就随便问问，没别的意思。"

"我喜欢大红、粉红、玫瑰红。"

"噢，是这样。"

"不过，今天我又喜欢上淡紫色，达紫香的颜色。"嫒嫒说完看了他一眼，她看见他在思考着什么。

第二天，当嫒嫒走到陈曙光的床旁，发现他的手里正在编一束玫瑰花，一朵粉红色的带着绿色叶子的玫瑰已经编完了，放在了一旁。

他看见她来了，放下手中的花说道："王医生，你早。"

媛媛很难想象，仅仅一天的时间，一朵美丽的玫瑰已经像变魔术似的编出来了。

"你还得注意休息，这么拼命地编东西，对身体不好。"媛媛以医生的口吻说。

"王医生，这对我来说太轻松了。我给你讲讲我吃过的苦吧。

"刚到农场，我们怀疑走错了地方，我们走进了幻觉，破旧的泥巴房，歪歪斜斜的破门，荒凉的空场，没有人迹，很像一个破败很久的远古遗址，这是人类居住的地方吗？

"早在我们来之前，连里已经从上面拿到盖房款，但是一切还没有开始。我们到来不久，就投入抢建房子的战斗中。盖房用的砖要自己烧，砖窑就设在山岗下面的一片空地上。烧砖用的土是黄黏土，黑土地由于土质存在太多的植物腐殖质，因此不能用来做砖坯，否则烧出的砖就成了'酥饼'，一掰就碎。山岗下有些含沙的黄土，靠着山边取土方便，这种土烧出的砖非常坚硬，就像耐火砖一样。

"房子在飞快地盖着，十月的北大荒已经开始上冻，尽管白天还有一点温暖，到了夜间气温就会降到零下。如果我们不能在下雪前封顶，我们第一个冬天就会在那间四处透风的猪舍里度过，也许寒冷的冬天就会冻死人。

"砌砖的速度在不断加快，每个人都觉得必须加快做这件事，那时没有人偷懒，更没有人因努力而获得更多的报酬，那时候叫贡献，贡献力量，贡献青春，贡献一生……"

陈曙光看王医生静静地、专注地听他讲黑龙江的经历。

他讲得让人浮想联翩，媛媛仿佛置身于冰天雪地里，她说："北大荒的雪景一定很特别吧？"

"北方人谁没有见过雪？但是东北的雪你只要见过，就会被它深深地迷住，皑皑的白雪覆盖了一切可以覆盖的地方，无论是高高的山岗，还是广袤无际的平原。那里的雪洁白、晶莹。

"第一个年头对所有的知青来讲意味着什么？从每个人的嘴里冒出来的就是一个字：苦。生活苦，那真是苦。每天三顿饭，基本上是大碴子粥，馒头是上等食品，因为面粉供应有限，除了农忙，平时一周可能有两三次。女生还比较斯文，端个搪瓷饭盆去打饭，男生比较粗犷，整个小号搪瓷脸盆，一次就端上一斤多。菜很少，冬天靠储藏菜来度日。"

陈曙光看媛媛静静地站在他的床旁，有点儿不好意思地说："王医生，我讲得太多了，很对不起，耽误你的时间了。"

"不必说对不起，你的故事挺有意思的。"

"你不知道，我开始是一排长，后来当了连里的司务长，那才是对我最大的考验。"

"司务长？"

"对，管连里二百兵团战士和他们家属的吃喝拉撒睡，婚丧嫁娶都是我的事儿，那年我才十八岁。"

"改天吧，等我值班那天，专门来听听司务长的故事。"她想象那一定很有意思，甚至更加深刻的东西还在后面呢。

"王医生，我有一个日记本，记录了我在兵团的生活，特别是我当司务长的那段经历。"说完他从抽屉里拿出了他的日记本递给王医生，"拿去消毒一下，你就可以看了。"

接过陈曙光的日记本，媛媛的心中升起了一种感动，她觉得眼前的这位病人对自己是多么信任啊。

"谢谢你，我今天就可以把日记本送去消毒室，用环氧乙烷消毒不会破坏日记本的字迹。"

离开五号病房之前，媛媛有些歉疚地看了一眼其他三个病人，那三个战士在陈曙光讲北大荒时，也在认真听，听得他们都放下了手中的编织物。每个病人都对王医生投去友好的眼光，她能在他们的病房里多待一会儿，无论跟谁交谈，都是他们求之不得的。

那天，媛媛下班以后回到宿舍，她回味着陈曙光关于在北大荒烧砖、盖房、战冰雪、斗严寒的情景，不禁又联想《钢铁是怎样炼成的》那本书里保尔·柯察金在基辅的生活，特别是在索洛缅卡筑路的艰苦卓绝的劳动场面。保尔得了伤寒，和死亡擦肩而过，而陈曙光却患了肝炎……她这样思考着，连她自己也不明白为什么她总是把陈曙光与保尔·柯察金联想在一起。

当媛媛终于拿到了用环氧乙烷消毒过的日记本，她翻开陈曙光的日记，就像在读小说那样，认真地阅读。

陈曙光的日记像一部好看的小说吸引着媛媛，尽管工作了一天，傍晚，她在宿舍继续读着日记，循着他的足迹，在遥远的北大荒仿佛经历着兵团战士的生活。每一个夜晚她读着日记浮想联翩。

1970年3月21日

早上,我正带着北京知青准备出工,连长和指导员叫住了我。在连部简陋的房间里,连长、副连长、指导员、副指导员,还有两个老职工排长,围坐在一起,屋子里烟雾腾腾、非常呛人。陈连长告诉我,经研究,连里让我接手司务长的工作。这个突如其来的任命,让我不知道该如何办,不知道该不该接受。说句实话,让一个18岁的孩子来管理几百号人,甚至上千人的吃喝拉撒睡,从年龄、阅历和工作担子来比都极不相符。我当时想,他们怎么就这么胆大,将这件非常棘手的工作交到一个涉世未深的青年手中。连长陈书元是一个很有煽动力的人,他的语言充满激情,既生动又有说服力,他允诺连里会给予我大力支持,调最好的人给我,只要我提出,连里能解决的问题,都会协助解决。

从我到连队的第一天起,连长就对我一直很好,我们之间存在着一种难以描述的微妙关系,从某种意义上讲,有点情同父子。在这种情况下,说什么都多余,我无法再推辞了。

连长的任命是经过深思熟虑的。让一个当地职工来当司务长,他可能不理解这群知青的想法,弄不好还会产生新的矛盾;在知青中寻一个人来担任这个举足轻重的位置,一定要真的能担得起。他选中了18岁的我。

一个连队，200多来自北京、上海、天津和哈尔滨的知青，800多当地职工和家属。司务长是干什么的？司务长负责全连的生活问题，从孩子出生上户口、打疫苗到每月统计人口领粮票、布票和其他票证、卖粮卖油（因为我们是国家职工，吃商品粮，每月45斤）再到过年过节杀猪分猪肉、秋天分柴禾、煤和储藏菜……什么都要管；更重要的是要管理食堂，平时200多个知青的吃饭、喝水，夏天农忙时全连在地里干活的几百人的送饭送水……这么多操心的事，一天之内突然就压在我的肩上。……

媛媛终于看完了最后一篇日记：

1973年3月18日

当又一个春天来临的时候，在遥远边陲的这个小村庄里，一群来自大城市的少年男女，随着时间的流逝，开始长大成人了。那山岗，那树林，那原野，那村庄，那河流……陪伴着我们度过羞涩的年华，走向成熟。

我得病了，得了肝炎，全身的皮肤都黄了，在双鸭山的医院治不好，连里批准我回北京治病。虽然我暂时离开了连队，有一首流行在知青中的歌："乌苏里江来长又长，蓝蓝的江水起波浪……"那悠悠婉转的曲调，是多么的美，那么值得回味；每当我回忆起兵团的岁月，它就不由自主地在我的耳边响起，在我的大脑里回荡，让我的心久久不能平复。

读完这些日记，陈曙光，一个北大荒的知青、排长、司务长，活脱脱地在她的心中活跃起来，并占据了一个位置。虽然他和自己年龄相仿，却有截然不同的人生经历——她深深地佩服这个病人了。她捧着日记本，浑身充满了激情。这激情生成了一股力量，蔓延到身体的每根筋脉，支撑着她一步一个脚印，踏踏实实地走过了每一个清晨、每一个黄昏。似乎生活中有再多的不如意，她也无所畏惧。

一天，媛媛去五号病房查房的时候，走到陈曙光的床旁，她看见有四枝编好的玫瑰花放在了他的床头柜上，它们是粉红色、玫瑰红色、大红色、杏黄色，青翠的绿叶子在一根根的花梗上，这些玫瑰就像刚从玫瑰园里采摘回来的一样，姿态各异、鲜艳欲滴。媛媛惊喜地拿起这些花朵，爱不释手。她看见陈曙光手里正编织着一朵淡紫色的玫瑰。

"王医生，等把这枝花编完了，就可以把它们扎成一束，一束五彩玫瑰花，你喜欢吗？"陈曙光的眼睛不看王医生了，他边说话边忙活着编花。

"你的手挺巧的，开荒种地，做大锅饭的手还能编织这么美丽的花朵。"

"你要是喜欢，就送给你吧，很快就要编完了。"说完他看了一眼媛媛，好像他内心里有一种不可制伏的力量从眼睛里迸发出来，他简单的却充满力量的语句在空中回荡。

一股强烈的暖流在媛媛的心中流淌,她的心像沸腾的水一样,激动得要溢出来了。但是她极力压制着汹涌澎湃的感情,没有说话,只是静静地站在那里看着他,此时的静默胜过千言万语。

他的动作灵巧、敏捷,而且简单,他强有力的手势跟他的谈话十分协调,在他的脸上,依然燃烧着、活跃着在北大荒战天斗地、不知疲倦的战士的神情。这双眼睛的神情在今天显得更加炽烈。

"明天上午你抽血化验肝功,如果正常,就可以出院了。"媛媛尽可能用平静的语调说。

"我估计没问题,已经治疗三个月了,也该好了。"

第二天下午,病人抽血化验的结果出来了,陈曙光的结果正常。传染病医院的规定是,肝炎病人连续两周肝功化验正常,就可以出院。医生在出院证明上要写明:"出院后全休一个月,半年内不能参加重体力劳动。"

当媛媛把陈曙光的化验结果告诉他时,整个五号病房欢呼起来了,三个还没有痊愈的战士都向他表示祝贺。陈曙光真心地笑了,他的笑容里充满了对未来生活的期待。

媛媛正要出门,陈曙光叫住了她:"王医生,请等一等。"

她看见他手里捧着一束编好的玫瑰花,有些腼腆地说:"王医生,这是给你的,请收下吧!你拿去用环氧乙烷消毒一下,花的颜色是不会变的。"

她踌躇了一下,看了一眼五号病房其他三个病人,没想到他们异口同声地说:"王医生,你收下吧!如果你不嫌弃我们病人的东西!"

她又看见陈曙光用期待的眼光看着她,她从他的手中接过了花束,脸上感到一阵发热,好在戴着口罩,别人看不出来。她礼貌地说了一句:"谢谢!"当五彩的塑料玫瑰花如晚霞般在媛媛的手中绽开出一片羞涩的温馨时,她被深深地感动了。

她出了五号病房的门,赶紧走到更衣室把陈曙光送她的花束包好,然后送到消毒室去消毒。

此时,五号病房的三个战士仿佛明白了陈曙光,这位即将出院的病友对王医生有着非同一般的感情。一个战士对陈曙光说:"小陈,你明天就要出院了,还不知道王医生长什么样子,真是太遗憾了吧?"

"这是传染病医院,我们只知道女医生和护士都是白衣天使就行了,病好了,我没有遗憾。你们别以为我这个'癞蛤蟆想吃天鹅肉',一边儿歇着吧。"陈曙光说。

另一个年龄大一点儿的战士说:"小陈,我看你是言不由衷吧,别说你,连我们也想见见王医生的模样。"

第三个战士说:"要想看见庐山真面目很容易,在内走廊里,医生一般都不戴口罩,我们病房通向内走廊的窗口,也就是我们取药、取饭的窗口,一打开,不就可以看见内走廊吗,只要一叫王医生,她保证会跑出来,你们都等着瞧吧。"

过了一会儿,媛媛正从消毒室回来,突然听见五号病房的方向有人叫她,她快速走到了五号病房的窗口,问了一声:"有什么事吗？"

此刻病人们终于看见了没戴口罩的王医生，她皮肤白皙，面部轮廓秀美，端正的鼻梁，两条黑黑的眉毛细细的，一双水灵灵的眼睛配在瓜子脸上，像是苍山顶上的晨星，又大又亮。她抬起头来，两片红唇精致玲珑，张开时露出雪白整齐的牙齿。

"谁叫我了？"

"是我，我想要一片消化药，肚子有点涨气。"一个战士说。

"一会儿我叫护士给你送过来，还有别的事吗？"

陈曙光伸出了头，他说："王医生，麻烦你给我家里打个电话，让我父亲明天下午来接我出院。"媛媛听到他的声音有些颤抖。

"好的，你放心。"媛媛说完，看见陈曙光立刻把窗户的木头拉门关上了。

短短的几分钟，五号病房的病人终于见到了庐山真面目，尤其是陈曙光，他不知道为什么，看见王医生的那一刻竟然心跳加快，特别是她那美丽的脸庞，还有她特有的神态和风韵，让陈曙光的心中激动得说话都不流畅了，激动的心情平息之后，他的心里陡然升起了一种无法言说的痛苦。

三

出院的病人是从内走廊出来的，他们可以和医生护士告别，然后走出病区，沿着清洁区的过道，走向医院的南大门。陈曙光的父亲来接他了，他们父子俩就像一个模子里印出来的，长得非常相像。陈曙光在和医护人员告别时没有见到王医生。王医生并不是想逃避和陈曙光告别，而是她突然想起他的日记本还在她的宿舍里，她必须还给他，于是，媛媛迅速脱了工作服，朝宿舍跑去。

媛媛拿着日记本，一直跑到医院的南门，她看见陈曙光和父亲正站在南门口，陈曙光不断地张望，他希望能再看一眼王医生，起码和王医生说个再见。当陈曙光望见一个穿着军装、戴着军帽的女兵在远处向他招手，他断定这一定是王医生，禁不住对身边的父亲说："爸爸，你看，王医生来了！"

当媛媛跑到他们面前的时候，她喘着气把日记本交给了陈曙光，然后对陈曙光的父亲说了声："陈伯伯，您好！"

"王医生，听小光多次提到你，我们全家都对你感激不尽啊！"陈曙光的父亲发自内心地感谢王医生，特别是看见她现在亲自跑过来送他们，更是十分感动。

"我们边走边说吧，我送送你们。"媛媛微笑地说。

他们三人出了南门，走在一条水泥马路上，路的右边是传染病医院高高的铅灰色的围墙，路的左边是岳各庄的农田，秋风吹拂着田野，吹拂着两颗年轻人激烈跳动的心。突然，他们听见身后有人在叫："陈曙光！陈曙光！"转过身去，看见五病区有十几个男病人站在外走廊的二层，他们在最南面的角落上向陈曙光挥手，陈曙光挥着手臂大声地喊了一声："谢谢啦！你们都回去吧！"病人们听见陈曙光的喊声才渐渐离去了。媛媛没想到有这么多的病人给陈曙光送行，同时她突然觉得有点儿难为情，因为她被好多病人看见了，她不知他们会怎么议论这件事呢。作为一个医生，一般是不把病人送到医院之外的，而今天，她就这样突兀地跑来了，虽然确实有原因，比如她要还给陈曙光日记本，可现在，她神不知鬼不觉陪伴在陈曙光父子的身边，真是百口难辩了。

他们继续往前走。陈曙光不时扭头看着媛媛，她穿着一身冬季军装，留着两条长辫子，优雅、娴静，双眼回盼流波，像是江南俏丽女子；嘴角挂着一丝倔强的波纹，又好似带有北方姑娘的神韵……她的身材既苗条又匀称。他暗暗惊叹：她长得真漂亮，那样年轻，那样朴素，而又那样光彩照人。陈曙光穿着深灰色的制服，肩上挎着一个军用挎包，他想对王医生说点儿什么，此刻他却什么都说不出来，完全不像在病房里那个慷慨陈词的陈曙光了。

"在你的日记本里，我夹了一个我的通信地址，如果你的身体有什么情况，可以给我写信，我也很想知道你出院后的情况。乙型肝炎的复发率是很高的，你一定要小心啊！"媛媛嘱咐他说。

"好的，王医生，我一定会向你汇报的。"

水泥路的尽头横亘着一条大马路，马路的右侧就是公共汽车站，媛媛看着他们父子上了公共汽车，汽车开动时，陈曙光使劲地向媛媛挥动着手臂，媛媛微笑地招手向他们告别，她的笑容像一朵美丽的花朵绽放在陈曙光的眼前，一阵感动让他喉咙发紧，眼泪就要流出来了。

  当公共汽车消失在媛媛的视线的那一刻，秋风强劲地吹来，她突然觉得发冷，好像一下子身体失去了很多热量。这个来自北大荒，勇敢、坚强的兵团战士曾经传递给她的热量一下子失散了。此前，他虽然是个病人，但是他却满腔热忱，像一个火炉，给她温暖，给她力量；现在他的身影在眼前消失了，他身上特有的那份热情，那股力量也被远去的公共汽车带走了。

  回到宿舍，媛媛第一眼就看见桌子上插在花瓶里的那束塑胶玫瑰花。此刻，眼前的花朵对她来说显得格外亲切。她细细地端详着每一个花瓣，每一片绿叶，恍然间这些花朵都有了生命的动感，鲜活起来，花儿们都为她起舞，绿叶们都吟唱着青春的赞歌，她抚摸玫瑰的手渐渐地暖和起来，惆怅的心也慢慢充实和安宁。

  媛媛每天去病房查房，当她走到五号病房的时候，总是想起陈曙光，陈曙光出院了，有好些天她都恍然觉得他还在，他还坐在病床上绘声绘色地讲述北大荒的生活。可是，当"五号一"是一个新入院的病人的时候，她才真正意识到陈曙光确实出院了，她那空虚的心才不得不接受这个现实。连她自己也不知道为什么，见不到陈曙光会给她带来那么大的失落感。有的时候，她会猜想，陈曙光回家以后在干什么，在读书，在帮助父母做家务，还是在和妹妹一起玩儿。

四

　　回家后的陈曙光确实没闲着，这位兵团战士并没有遵守医生的嘱咐，干了他不应该干的重体力劳动。父母刚从五七干校回来时住在筒子楼里，现在水电部给他们家分了一套单元房，搬家需要用三轮车拉家具。父母本想请别人帮忙，陈曙光偏要自告奋勇去做这件事，他骑着三轮车，吃力地拉着沉重的家具，全身冒着虚汗，家具拉到了楼底下，还要和别人一起搬到三楼的家里，这样折腾了几天，他觉得肝区隐隐作痛，唯一值得欣慰的是，这个家终于像个样子了，有了基本的家具，也解决了父母的一块心病。

　　每天夜深人静的时候，陈曙光就会想起王医生，想起那个曾经让他感到自豪、温暖的王医生。当然不仅仅是这些，更多的时候陈曙光的脑海里出现的是媛媛美丽的脸庞，举手投足间的神韵，这些让他魂牵梦萦，心中既激动又纠结：激动的是王医生确实对自己太好了，不但能够倾听他在北大荒的历史，而且还对他特别佩服；纠结的是他和媛媛的差距太大了，从家庭出身，到目前的身份，不管怎么样，王医生是上过大学的，她是部队的干部，是一个医生。自己是什么？一个知青，一个病人，连户口还在北大荒，想到这里，他的心像被针扎一样地痛苦。他在兵团时也和很多女知青接触过，不管她们对他多么热情，甚至殷勤，可是他对她们从来没有特殊感觉，她们只是战友。王医生就不同了，她在他的心里留下了难以磨灭的印象。

每天晚上，当一切都静下来的时候，陈曙光都会拿出他的日记本，他时常抚摸着日记本浮想联翩，因为这个日记本的每一页都被王医生看过。他捧在手里，好像能感觉到王医生的体温，甚至闻到王医生身体里散发出的清香。有时他把日记本贴在胸口，他的心在向王医生倾诉；有时他把日记本贴在自己的嘴唇上，就仿佛在亲吻王医生的脸颊。他对自己为什么这样做也说不清楚道不明白。每当他意识到自己是一个肝炎病人，肝功能化验是正常了，可是乙型肝炎抗原还是阳性，也就是说病毒并没有从他的血液里清除，他怎么可以亲吻王医生呢？他又陷入了深深的痛苦。

终于有一天他再也忍不住了，给王医生写了一封信，这封信告诉王医生他出院后的情况，并欢迎王医生有时间时能来他家做客。

这期间五病区抢救了三位重症肝炎病人，他们都是肝功能暂时恢复正常之后又复发，最终亚急性重型肝炎，抢救无效而死亡。每一个病人死亡，对媛媛的打击都是沉重的。她不但为年轻的战士失去生命而痛心，她还会情不自禁地想到陈曙光，她多么希望他从此安然无恙、痊愈啊！

接到了陈曙光的来信，媛媛得知他的身体还好，并希望她能去他家做客，那天她手拿着信，顿时感到整个宿舍都亮堂起来。

值完班补休那天，媛媛去了陈曙光家里。一家人都对王医生特别客气和热情。陈曙光的母亲姓杨，媛媛亲切地叫她杨阿姨。杨阿姨和陈伯伯都特别喜欢媛媛,他们沏茶倒水招呼她坐下,在简短的聊天中,他们都不去问王医生父母的情况。陈曙光的妹妹,全家人都叫她小妹,小妹是最高兴的,她围着王医生左看右看,特别喜欢她的一身军装。媛媛感到这个家很温暖,她看见陈曙光默默地坐在一边,很少说话,而他的父母对陈曙光和王医生的微妙关系心知肚明,更为他俩捏着一把汗,觉得自己的儿子太不可思议了,何德何能把一个美丽大方的女军医给吸引来了。

快吃中午饭的时候,媛媛准备告辞,她看见杨阿姨塞给了陈曙光十元钱,然后对媛媛说:"让小光去送送你,欢迎王医生常来啊!"

他俩走出家属楼到了公共汽车站,上了公共汽车后陈曙光对媛媛说:"我们去新侨饭店,尝尝西餐吧!"媛媛有点儿惊讶:"这太奢侈了吧?"

"没什么,妈妈给了我钱,就是不让我太寒酸了,和你一起好好吃顿饭,那就要吃得好一点儿。"陈曙光自豪地说。

走进新侨饭店,气氛就是不一样,在那个年代,室内还放着古典音乐,它虽然不如莫斯科餐厅那么富丽堂皇,但是这家餐厅最受知识分子们的青睐,尤其是早年在欧洲留学的知识分子,喜欢这里的德国菜。一个穿着灰色卡其布中山装的知青带着一个女兵坐在了角落里,表面上看,他们这副样子和这个餐厅并不协调,其实在这样一个优雅安静的环境里,对陈曙光和王媛媛来说是最合适不过了。尽管他们点了奶油罗宋汤、烤大虾和牛排,还有面包果酱,这些他们喜欢吃而平常吃不到的东西,可是他们的兴趣不在美食上,他们面对面地坐在一起,彼此注视着对方的一举一动,甚至努力用着刀叉切肉,文明地用叉子把食物送进嘴里,饭吃得格外小心。

"你读过《钢铁是怎样炼成的》吗?"媛媛问。

"当然读过,而且读过很多遍。我最喜欢保尔说的关于牛虻是受苦而不诉苦的革命者的典型的这段话。"

陈曙光说完问媛媛:"你喜欢这本书的哪句话?"

"他一年又一年地回顾,像一个铁面无私的法官检查着自己的一生。结果他十分满意,他这辈子过得挺不错。当然,由于愚蠢,由于年轻,更多的是由于无知,也犯了不少错误。但最主要的是,在火热斗争的年代,他没有睡大觉,在夺取政权的残酷搏斗中找到了自己的岗位,而且在革命的红旗上,也有他的几滴鲜血。"媛媛深情地背诵了这一段话,她认为这就是保尔的人生观和精神境界。

"你知道,从小到大,由于我的生活环境,我见过的知识分子太多了,他们西装革履,说话振振有词,具有学者风范的人很多。可是,我最佩服的还是我在兵团时的老连长,他是抗美援朝下来的干部,我佩服他身上的那股一不怕苦、二不怕死的干劲儿,我更佩服像你父亲那些为新中国的诞生浴血奋战的革命前辈。"陈曙光激动地说。

他的话让媛媛觉得他俩是有很多共同语言的,他们之间的距离好像一下子拉近了。

吃完饭，他们走到地铁站，当媛媛要下台阶的时候，陈曙光坚持要坐地铁送她一段路程，他却被媛媛劝住了，"别送了，就此说再见吧。"

陈曙光默默地站在台阶上，他看着媛媛一步步走向地铁的入口，当媛媛下到三分之二的台阶时，她回过头去看见陈曙光站在那里，那双眼睛灼灼地看着她，那目光带着无限的柔情，媛媛突然觉得心都发颤了，这是她一生中第一次被一位异性深情的目光而感动。

这个世界之所以神秘莫测，除了大自然的变化，就是人类社会的变化，而对前两者的变化所引发的每个个体的思想感情活动，导致了人的精神世界的变幻无穷，幸福、喜悦、痛苦、绝望……就存在于不同人的心里。媛媛在大学里学习化学的时候，很奇特地联想到化学键与人的关系。她认为人与人的关系可以比喻为化学键：具有血缘关系的人，比如父母和子女的关系，可比作离子键，它们是最稳定的；而兄弟姐妹之间的关系则像共价键，它们是相对稳定的；社会上人与人之间的关系就好比分子间作用力，又称为范德华力，它们在相互碰撞中自由结合，带有取向力、诱导力和色散力。这些力的互相作用，让人与人的关系五彩纷呈，悲欢离合，甚至惊心动魄。爱情，两个相爱的人互相吸引犹如分子间的力的一种表现形式。

当两个人在人生的某一个机遇中，无意间碰撞出爱情火花的时候，爱情一旦萌发，它会迅速升温，甚至堪比心灵的火山爆发。

那天媛媛回到宿舍，回味在新侨饭店与陈曙光的交谈，回想在她走下地铁台阶时，蓦然回首所看见陈曙光温柔的目光时，她的心再一次震颤了。她觉得身处的房间都变得明丽、敞亮。当她把目光再一次聚集在那束五彩的玫瑰花时，她恍然觉得一切又如梦如烟，笼罩着爱情的薄霭。她突然幻想着她跟着陈曙光去北大荒，在冰天雪地的银色世界里，共同劳动和生活……她绝不是因为自己目前艰难的处境才去喜欢一个北大荒的知青，而是陈曙光这个人不知不觉走进了她的心里，她的心完全被他震慑住了，她愿意陪伴他到天涯海角。

他们开始频繁地给对方写信，写看似不是情书的情书。

随之而来的，他们约会了。

五

一天，他俩来到玉渊潭公园。站在湖水边，陈曙光和媛媛并排站在一个铁栏杆前，望着碧绿的湖水微波荡漾，郁郁葱葱的树木装点着堤岸。风吹起来的时候，水面泛起一道道白色的花纹，伴着松涛低沉委婉的吟唱，令他们心旷神怡。他们的心情被浪漫的情愫缠绕着、撩拨着，身体里的热血在沸腾。柔和的阳光斜照在媛媛的一侧脸颊、洁白的颈项、微斜的肩膀上，还有她那丰满、起伏的胸脯上。秋阳透过绿色的树荫将她脸上的红晕遮蔽，而她的鼻尖和脸颊冒着细细的汗珠，乌黑的眼睛里藏着神秘的、无法言说的爱，从陈曙光身上散发出的烈焰般的感情让她激动不已。

　　他深情地凝视着媛媛扶在栏杆上秀美的手，凹陷的眼睛里发出奇异的光彩。他真想握住，并亲吻那双手，不经意中他的胳膊触及她柔软的胸脯，他像触电一样地赶紧移开，于是他情不自禁地抚摸着媛媛的头发，他拿起她一根长长的辫子，把辫梢含在嘴里，即刻他们就像通了电流，感受到强烈的爱在互相传递。是啊，当一个肝炎病人无法把自己的嘴唇贴到心爱的人的嘴唇上的时候，还有什么比含着心爱的人的秀发更快乐呢！媛媛的脸露出了羞怯的红晕，她能感觉到从他身上传递给她的爱无比强烈，她终于投入了他的怀中，将自己的脸贴在了他的胸口上，她能听见他怦怦的心跳。青春啊，这是最美最美的时刻；所有的风景都显得黯然失色，此刻，只有这对年轻人相拥在阳光下的身影是世界上最绚丽的风景。

　　回到家后，尽管陈曙光内心无比快乐和陶醉，但他并没有像媛媛那样单纯地沉浸在爱情的快乐之中；女人的爱是天堂的梦，弥散在素洁的蓝天，久远而温馨；而陈曙光想的就不一样了，每当他想起和媛媛的差距，想到自己的血液里还有肝炎病毒，他的痛苦是别人无法体会的。当他和媛媛在玉渊潭公园，特别是媛媛投入他怀抱的那一刻，他坚定了一个信念，他决定马上办理病退手续，把户口从北大荒转回北京。其实他的父母早就劝他办理病退，他一直在犹豫，现在他不再犹豫，他认为疾病会慢慢恢复的，而他不能失去媛媛，他要和她在一起共同战胜病魔，等待着痊愈的那一天。

专家推荐语

董晶的小说立足生活,地跨中美,思今接昔。无论是忆旧性《纸灰》《当太阳终于透过云层》《绿皮火车上的相遇》等表现赴美前国内自身经历,还是《心事》《远离故乡的地方》等展示多年美国生活经验,其所描绘刻画的人物皆形象生动可感可触。爱情、婚姻、家庭、子女、事业,文化差异,种种海外华人喜怒哀乐辗转的人生重要课题,都是她笔下的主要思考。赞颂真善美,揭示晦暗丑,心态宽容平和积极向上,是她小说弹拨的主旋律。艺术表现以写实为先导,追求变新潮。董晶生活优渥,本可耽于安逸,却在商品大潮中,坚持被贬值的文学,笔耕不辍,用霍尔姆斯话说"不管怎样,还是应该的"。

——香港《文综》执行主编　白舒荣

她的作品植根于现实生活的沃土,善于从时代的激流中撷取题材。她笔下的移民叙事亲近生活,拥抱人生,涌动着时代的脉搏。这本短篇小说集中,董晶将自己的生活体验艺术地转化创造为一种想象的场域,从日常生活的微澜细节中展现丰沛人生之意义，揭示人物的个性，挖掘人性的深度。她尤其擅长短篇的"聚焦"艺术，《远离故乡的地方》等篇构思精致，读来使人感到似曾相识，真实可信，篇幅不长，却内蕴深厚，收到以少胜多的艺术效果。董晶从小就怀有文学梦，敬畏文学的神圣，对文学创作精益求精，这正是一个优秀小说家的潜质所在。

——华中师范大学文学院教授　江少川

　　董晶的短篇小说集《远离故乡的地方》，具有超越性别、种族与国界的人类关怀——善与爱的情感温度。她以个体人的日常生活审美叙事，融合生命、情感、记忆与诗意想象，深蕴对故国"母土"的深厚情怀，对人类精神栖息"原乡"的执着追寻。《心事》书写华人家庭丈夫失业而陷入生存困境，华人朋友热心救助而解困。《康乃馨与百合花》里，年轻华人女护士遭到菲律宾女护士霸凌，她以善良宽容自我化解而获得医院褒奖。尤其海外华人的婚恋情感故事，如《人在天涯》《伴着爱穿越恐怖阴影》中，塑造的向上、向善、向美的各类男女形象，呈现出人类情感"深谷体验"的新生命、新灵魂，形成一种照亮人类心灵内海的精神光亮。其标志着海外华文文学的新鲜特质。

——首都师范大学编审、教授　王红旗

　　作为海外的一位相当有分量的移民作家，董晶的小说出手就很神奇，她的小说题材总是非常新颖，令人惊叹其富矿般的宝藏。她特别善于写移民的冲突人生，写中西婚姻的秘辛，笔下的人生充满大波大澜,她用小说记录了一个时空变迁的时代,既写出了人性的光亮,也揭示了人性的黑洞,这些栩栩如生的人物在历史的河床上向前流动,闪烁着生命所能爆发的能量。

——海外文学评论家　陈瑞琳